刘成信/主编

中国杂文
ZHONGGUO ZAWEN

（百部）卷七

王了一集
WANGLIAOYI JI

吉林出版集团股份有限公司
全国百佳图书出版单位

图书在版编目（CIP）数据

中国杂文百部．现代部分．第7卷．王了一集／王了一著；刘成信主编．－－长春：吉林出版集团股份有限公司，2014.9
　　ISBN 978-7-5534-5297-5

Ⅰ．①中… Ⅱ．①王… ②刘… Ⅲ．①杂文集－中国－现代 Ⅳ．①I26

中国版本图书馆CIP数据核字（2014）第210994号

王了一集
WANGLIAOYI JI

出 版 人	吴文阁
作　　者	王了一
主　　编	刘成信
责任编辑	金方建
封面设计	梁文强
开　　本	650 mm × 950 mm　1/16
字　　数	80千字
印　　张	12
版　　次	2015年1月第1版
印　　次	2020年5月第1版第3次印刷
出　　版	吉林出版集团股份有限公司
发　　行	吉林音像出版社有限责任公司 吉林北方卡通漫画有限责任公司
地　　址	长春市泰来街1825号　邮　编：130062
电　　话	总编办：0431-86012893　发行科：0431-86012770
印　　刷	三河市华晨印务有限公司

ISBN 978-7-5534-5297-5-02　　　　　定　价：28.50元

版权所有　侵权必究　举报电话：0431-86012893

《中国杂文》(百部)
总 序

刘成信

一

人类的文学艺术,源远流长,丰富多彩。随着社会的推进、发展,其分门别类日益精细——从最初的歌曲、舞蹈、神话、故事等逐步演绎出诗、散文、小说、戏曲。直到上个世纪初,科学技术与文学艺术融合,又有了电影、电视剧等。

有一种文学艺术虽然在中国问世两千余年,由于后人未给予"名分",以致到二十世纪初,才从文学艺术谱系中分野出来,这就是古老而年轻的杂文。

人类和自然界大体都遵循适者生存的法则萌芽、生长与消弭。两千多年来,杂文本应与小说、诗、散文、戏剧、音乐、电影等姊妹艺术一道,繁花似锦、根深叶茂。然而,它没有像先贤们渴望的那样,而是纤弱,时生时灭,时有时无,同其他汗牛充栋的文学艺术作品相去甚远。

二

时序到1915年,中华文学艺术宝库迎来新曙光,一个精灵出现了——杂文在多灾多难的中华大地,被一些先知先觉的知识分子接受了!

杂文这个新成员一俟来到华夏，其特性便与众不同——首先是符合社会发展规律，它主张顺应历史潮流。它不重复生活，不还原历史，不演绎过去，而最突出展示将来，预期社会走势，判断人间是非。

杂文一俟来到华夏，便告之，它向往和平、民主、科学、自由、平等、人道、富裕及真善美；杂文憎恶专制、昏聩、愚昧、野蛮、特权、贪婪、奴性、虚伪及假恶丑。杂文与其他文学艺术既相通又有自己的特性。

杂文一俟来到华夏，就融于文学大家族，与各种文学艺术形成天然的血肉联系。它不像小说刻画人物，而是粗线条勾勒人与事；它不像诗、散文等那样纤细、抒情，而是明白如话，开诚布公。但杂文能够调动各种姊妹艺术如寓言、故事、说唱、戏曲、元杂剧等"为我所用"。

杂文一俟来到华夏，它就友好地"拿来"社会科学乃至自然科学的多种文化元素。它不是政治学，但只有不迷失政治选择，才能解析身边社会的变数；杂文不是社会学，但只有掌握瞬息万变的时代脉搏，才能适应人间丛林法则；杂文不是历史学，但人总应拨开历史雾障，略知历史长河的走向；杂文不是生理学不是心理学，但它能解剖人性、解读人生、理顺人际关系；杂文不是方法论，但它无处不闪烁思想方法光芒；杂文不是文艺学，但它评价文艺现象既深刻又形象；杂文不是美学，但每篇优秀杂文无不抨击假恶丑，无不向往美、赞扬美……

理解杂文、认识杂文，才能与杂文为友，才懂得杂文的大爱。杂文真的是半部百科全书。

三

杂文打捞历史风尘，知耻近于勇。杂文对于文化批判，社会批判，历史批判，人性批判，世世代代惹来不知多少是非。

嫉妒杂文、讨厌杂文者，甚至欲将杂文从百花园中斩草除根，所以，杂文往往难以长成大树，多少代都不能像其他文学艺术那般枝繁叶茂。有人说杂文偏激，有人说杂文片面，有人说杂文招惹是非，更有人对杂文产生各种各样的误解。以至于把杂文称之为乌鸦，恨不得把一切不祥之物都推到杂文身上。

杂文，曾为作者"惹"下多少祸根，有人曾因杂文葬送自己的大好前途，多少代杂文人曾为自己带来难以洗清的污秽。

然而，实践证明，杂文只能为民众造福，世世代代多少志士仁人，曾为杂文洗刷了一切不实之词，它为人们启蒙越来越受人们欢迎。

四

本书作者共计三百八十位，分当代、现代、历代。

我们试图把1915年《新青年》"随想录"诞生前的杂文划为历代，1915年到1949年划为现代，从1949年到当今划为当代。

1915年"随想录"之前称之为杂文，主要是根据作品性质、特点，而不是按刘勰在《文心雕龙》所谈的"杂文"。

当代作家选五十位，每人一部杂文，五十篇左右。另有合集十部，每部二十几位作家，共二百多位作家，四百多篇作品；现代作家二十位，每位五十篇杂文，七万多字，另有四十多位杂文作家，十部合集；最后选七十多位历代杂文作家，均为合集，每篇作品都有注解、题解、古文今译。

当代五十位杂文作家大体是根据五点遴选的。

一、杂文创作时间超过二十年；二、曾创作有影响的杂文作品在三十篇以上；三、曾创作经典性杂文作品；四、作品强调思想倾向的同时，艺术性也不为之忽视；五、曾在国内组织带领作家创作杂文卓有成就者。

二十多年来，我曾在助手们协助下选编各种版本杂文集五十余部，选编如此大型杂文丛书，对我是一种尝试，深知其难度。这部《中国杂文》（百部）整整花费我四年时间。杂文作品浩如烟海，读数百册杂文集、数百万篇杂文作品，难免挂一漏万，特别是这部大型丛书在国内尚无参照系，错讹在所难免，恭请诸位指正。

选编者 2012 年 11 月 10 日
于长春杂文选刊杂志社

目录

书呆子	1
西洋人的中国故事	6
辣椒	11
骑马	15
诅咒	20
劝菜	25
洪乔主义	29
溜达	33
老妈子	37
看报	41
说话	45
夫妇之间	49
清苦	53
忙	57
请客	61
穷	65

富	69
著名	73
外国人	77
路有冻死骨	81
领薪水	84
闲	88
虱	92
卖文章	96
骂人和挨骂	100
疏散	103
题壁	106
手杖	109
西餐	111
拍照	115
失眠	118
小气	121
清洁和市容	124
老	127
结婚	130

回避和兜圈子	133
应酬文字	136
公共汽车	139
跳舞	143
行	147
看戏	151
五强和五霸	155
天高皇帝远	158
应付环境和改变自己	160
寄信	162
开会	165
寡与不均	169
儿女	173
谈谈小品文	178

书 呆 子

从来没有人给书呆子下过定义；普通总把喜欢念书而又不懂人情世故的人，叫作书呆子。

然而在这种广泛的定义之下，书呆子又可分为许多种类，甚至于有性质恰恰相反的。据我所知，有不治家人生产的书呆子，同时也有视财如命的书呆子；有不近女色的书呆子，同时也有"沙蒂主义"的书呆子。

依我们看来，"呆"的意义范围尽可以看得更大些。凡是喜欢读书做文章，而不肯牺牲了自己的兴趣，和自己认为有意义的事业，去博取安富尊荣者，都可认为书呆子。依着这样说法，世间的书呆子似乎不少；但若仔细观察，却又不像始料的那样多。世间只有极少数人能像教徒殉道一般地殉呆，至死而不变，强哉矫。这种人可以称为"呆之圣者也"。又有颇少数的人，为饥寒所迫，不能不稍稍牺牲他们的兴趣，然而大体上还不至于失了平日的操守。这种人可以称为"呆之贤者也"。我们对于前者，固然愿意买丝绣之；对于后者，也并不忍苛责。波特莱尔的诗有云："饥肠辘辘佯为饱，热泪汪汪强作欢；沿户违心歌下里，媚人无奈博三餐！"我们将为此种人痛哭之不暇，还能忍心苛责他们吗？

书呆子自有其乐趣，也许还可以说是其乐无穷。我没有达到纯呆的境界，不敢妄拟，怕的是唐突呆贤，污蔑呆圣。但是我敢断言，书呆子是能自得其乐的。不然则难道巢父、许由、务光、严子陵、陶渊明、林逋一班人都是镇日价哭丧着脸不成？只有冒充书呆子的人是苦的：身在黉宫，心存廊庙；日谈守黑，夜梦飞黄。某老同学新膺部长，而自顾故我依然，不免一气；某晚辈扶摇直上，而自己则曳尾涂中，又不免一气。蠖屈非不求伸，但是，待字闺中二十年，为免"千拣万拣，拣个破油盏"之诮，实有不能随便出阁的苦衷。这种坐牢式的生活，其苦可想而见。

事实上，做书呆子也是很难的。即使你甘心过那种"田园一蚁睫，书卷百牛腰"的生活，你的父母、兄弟、妻子，以至表兄的连襟的干儿子，却都巴望你"朝为田舍郎，暮登天子堂"。苏秦奔走七国，凭着寸厚的脸皮去碰了许多钉子，固然因为他自己热衷利禄，却也有几分是由于他有一个不下机的妻，一个不为炊的嫂，和一对不以为子的父母。《晋书·王戎传》里说，"衍口未尝言钱,妇令婢以钱绕床下,衍晨下,不得出,呼婢曰,举却阿堵物。"咱们知道,王衍初官元城令,累迁至司徒,岂是讨厌铜臭的人物?也许他本来就是一个假书呆子。但也有另一种可能性,就是贤内助的熏陶既久,一朝恍然大悟,于是鄙薄巢由,钦崇石邓,前后判若两人。由此看来,若真要做一世的书呆子,而不中途失节,古井兴波,至少须得找一个女书呆子来做太太,那位"不因人热"的梁鸿,假使没有一个"鹿车共挽"的孟光来和他搭配,他究竟能够安然隐居于霸陵山吗?

抗战以来,书呆子的外界刺激确是更多了。在这大学教授的收入不如一个理发匠,中学教员的收入不如一个洋车夫的时代,更显得书呆子无能。汽车司机是要经过相当训练的,而且须是年富力强,有些书呆子干不了,那是可原谅的。但是,连汽车公司的买办和转运公司的掌柜也都做不来吗?经济系的毕业生走仰光,月入二千元;化学系的学生入药厂,月入一千元;工科的学生入交通界或工厂,月入五六百元至一二千元不等;而他们的老师的收入却都几乎不能糊口,"饱"还勉强,"温"则大有问题。弟子能做的事老师也该能做:"是不为也,非不能也",这又无非是呆的表现。一位中学教员告诉我,他们学校的一个工友有了高就,是迤西某厂的什么长,月薪三百元,津贴在外。另一位朋友告诉我，迤西某厂的厨子月薪千元，供膳宿（世间哪有不供膳宿的厨子？）。教育界中会做饭菜的人不少，然而没有听见他们当厨子去，这恐怕是许多人所不能了解的。

我说抗战以来书呆子的刺激更多，并不是说他们看见别人发财，由羡生妒，由妒生恨。假使是这样，他们也就不成其为书呆子了。甚至于受了挑扁担的张三或做小工的李四的奚落，如果你是一个呆圣，也没有可以生气的理由。最堪痛哭者还是亲人的怨怼。甲先生的家里说："人家小学未毕业，现在做了某某处的营业部长，已经赚了几十万了，你在外国留学十年，现在不过做个穷教授！"乙先生的家里说："李阿狗一个字不认得，现在专走广州湾挑扁担，已有几千元的积蓄了；你是大学毕业生，现在却连父母都养不起！"学位和金钱似乎没有必然的联系，然而家里人并不和你讲逻辑，反正供给你读了十余年以至二十余年的书是事实，而你现在非但不能翻本，连利息都赚不够也是事实。

太太和先生的志同道合也是有限度的。正在三旬九食仰屋踟蹰之际，忽然某巨公三顾茅庐，太太拔钗沽酒，杀鸡为黍，兴高采烈，如见窖金。等到先生敬谢不敏之后，某巨公一场扫兴还是小事，心上人珠泪盈眶，虽呆圣亦岂能无动于衷？

至于兼课兼事，在这年头儿，更是无伤于廉，然而竟然有辞绝不干者，其愚尤不可及。太太的埋怨，除了和他一样呆的人外，谁不表示同情？所以我们说，这年头儿的书呆子加倍难做。"时穷节乃见"，咱们等着瞧那一班自命为书呆子的人们，谁能通过这大时代的试金石。

【原载一九四二年《星期评论》】

西洋人的中国故事

西洋人对于中国的事情，无论真假，都喜欢知道。杀头，缠脚，抽大烟，讨小老婆，在西洋人看来是中国四大特征。尽管你说这种事情早已绝迹了，他们仍旧是似信不信的。捏造的话也不少。福禄特尔的《赵氏孤儿记》（即搜孤救孤），已经和中国的原本不尽相同。此外，都德在他的小说《沙弗》里，说及东方有一个地方，妻子和别人通奸，给丈夫知道了之后，就把她和一只雄猫装在一个布袋里，晒在烈日之下，于是猫抓人，人扼猫，同归于尽（手边无书，大意如此）。我们不知道都德的故事是不是暗指中国，不过，像这一类捏造的故事而又明说是出于中国者，在西洋也并非没有。现在我们举一个例子，就是查理·蓝在《爱利亚论》里面所说中国人发明烧猪的故事。依查理·蓝说，这故事是根据一个中文手抄本，由一个懂中文的朋友讲给他听的。

在开天辟地后七万年的期间内，人类只知道吃生的兽肉，像今日（蓝氏时代）阿比西尼亚的土人一样。孔夫子在《易》经里也曾暗示有过这么一个时代,他认为黄金时代,叫它做"厨放",就是"厨子放假"的意思。后来烧猪的艺术是偶然地被发明的。有一个牧猪人,名叫火帝,他在清晨就到树林找猪的食料去了,只留他的长子波波看家。波波是一个笨孩子……当时的青年都喜欢烧火为戏,波波更可说是一个火迷。他一个不留神,让火星迸射在一束干草上,就燃烧起来,转眼间,一间茅屋已成灰烬。茅屋烧了不要紧,一两个钟头可以重建起来;可痛者是里面还有一窝新生的小豚,至少在九个之数,都给烧死了。波波正在思忖怎样来对他的父亲解释这件事的当儿,忽然觉得一阵香气扑鼻。说是茅屋被烧,发出来的香味儿吗?从前茅屋也曾被烧过,为什么不曾闻着过这种味儿呢?他想不出一个道理来,且先弯下腰去摸一摸那小猪儿,看它还活着不。手指给烫疼了,他天真地拿指头放在嘴里吹。在摸的时候,一些烧裂了的碎猪皮已经贴在指头上。于是,他有生以来第一次(其实可说是有人类以来第一次)尝着了烧猪的味道——脆的啊!他再摸摸看,不期然而然地,他又舔他的指头。这样尝了又尝,他终于恍然大悟,原来刚才闻着的是烧猪的味儿,而烧猪竟又是这样好吃的。火帝回家之后,和儿子大闹一番。波波想法子让他父亲尝着了烧猪的美味，于是父子俩正经地坐下，把这一窝乳猪吃个精光。

火帝叮嘱波波严守秘密，因为恐怕邻人知道了，说他们擅自改良上帝所赐的食物，会用乱石打死他们。但是，邻人们却注意到火帝的草房子烧了又造，造了又烧。从前没有见过这样密的火灾，最巧的是：母猪每次生了小猪，火帝的草房子一定被烧，而火帝并没有责骂过他的儿子一句。邻人们觉得奇怪，终于侦察出他们的神秘来，告到北京的法庭（当时北京还小得很呢）。火帝父子被传去审讯，那烧猪也被拿去做物凭。正在快要判决的当儿，裁判委员会的主席提议先把烧猪放进木箱里。于是他去摸了摸，其余的委员也去摸了摸，他们的手指都给烫疼了，都放在嘴里吹冷。这一吹就变了局面，委员们也不再顾那些人证物证的确凿，也用不着互相磋商，大家不约而同地宣告火帝父子无罪。这么一来，把旁听席上的人，市民们，外人，访员，都弄得莫名其妙起来。

那法官是一个狡猾的人，等到退庭之后，就秘密地去买许许多多的猪。几天之后，大家听说他的采邑的房子被火烧了。这一件事传播开来，四面八方的民房也都遭了火灾。在这一带地方，柴草和猪都大涨其价。保险公司一个个都关了门。人们造房子，越来越马虎，大家都怕建筑之学不久就会失传了。幸亏有一个圣人出来（像咱们的陆克），他才发明：烧猪或烤别的肉类都犯不着烧去一座房子，只须用铁叉叉着烧烤就行。

　　故事的本身是很美的。妙处不在于波波误烧茅屋，而在于法官和民众们都相信必须烧去房子，然后吃得着烧猪。但是我对于它的真实性非常怀疑。蓝氏跟着也说事情未必可信，但是我比他更进一步，我根本不相信它是一个中国故事。咱们现在虽然努力欧化，但咱们的远祖却未必这样时髦。燧人氏的时代，中国未必有法庭，更不会有访员。政治中心也不会在北平。乱石杀人只是西洋历史上的事，中国太古时代杀人也许有别的花样。保险公司非但中国古代没有，现在也还不曾深入民间呢。这些都可说是蓝氏随笔写来，失于检点而已。但是，我实在太浅陋了，在中国书中不曾看见过这样的一个故事。即使是一种手抄本，也该像中国人的话，何至于一个牧猪人称为火帝，把一个太古时代称为"厨放"呢？这也许是我译错了字。但是，波波毕竟不像中国的古人名。中国上古的人名有双声，有叠韵，却是没有叠字的。

　　这个故事之出于虚构，似是毫无疑义的了。蓝氏也许像美国人，喜欢把广东人看作中国人的典型：广东人有烧乳猪的事实，因此渲染成为一个故事。我常常这样想：西洋人可以虚构中国的故事，中国人何尝不可以虚构西洋的故事呢？《镜花缘》就几乎走上这一条路，可惜它不曾说"君子国"之类就在今日的欧洲，也不曾说是据一个西文手抄本，由一个懂西文的朋友讲给他听的。

【原载一九四二年《星期评论》】

辣　　椒

辣椒作为食品，不知起于何时。只听说孔子"不撤姜食"，却不曾说他吃辣椒。《楚辞》中"椒"字最多，《离骚》中有"杂申椒与菌桂兮"，有"怀椒醑而要之"，《九歌》中有"奠桂酒兮椒浆"。祭神的东西也该是人吃的东西，恰巧屈原又是湖南人，若说他吃辣椒，是可以说得通的。但是，依考据家的说法，《诗经》所谓"椒聊之实"，《离骚》所谓"申椒""椒醑""椒浆"，《荆楚岁时记》所谓"椒酒"，都只是花椒，不是辣椒。由此看来，中国吃辣椒的习惯并不是自古而然的。

辣椒又名番椒，也许是来自西番。清代称川甘云贵等省边境的民族为番户；也许辣椒是由番户传入汉族的，但不一定晚到清代。依现在看来，喜欢辣椒的人多半是四川云南贵州湖南的住民，这一个假说似乎可以成立。然而咱们也不能全靠望文生义来做考证，譬如胡椒又何尝是来自匈奴的呢？我们希望旅行家帮助我们解决这个问题：

如果阿拉伯、伊朗、阿富汗、印度各处都有吃辣椒的风俗,那么,"辣椒西来说"更可以确信无疑了。

可惜得很,咱们不知道发现辣椒的故事。据说咖啡是这样被发现的:从前亚比西尼亚有一个牧羊人,他看见他的羊群忽然精神兴奋,大跳大跑。他仔细研究原因,才知道它们啮食了某一种树的叶子和果实,以致如此。他采了些果实回家煎汤吃下去,果然他自己也精神兴奋起来。吃上了瘾,就常常煎来吃。后来人们把制法改良了,就成为今日的咖啡。至于辣椒,它是怎样被发现的呢?神农尝百草的时候一定没有遇见它;否则他不会放过了这种佐食的珍品,以致孔夫子只好吃姜。不过,批驳我的人也可以说:神农尝百草为的是觅药治病,并不想要发现好吃的东西。他很明白"良药苦口利于病"的道理,辣椒既然不苦,他自然不收它了。

辣椒的功用,据说是去湿气,助消化,除胃病。我不懂药性,但我猜想它助消化的能力,并不输给胡椒。凡物有幸有不幸,胡椒和辣椒亦复如是。从前有些荷兰人和葡萄牙人知道胡椒是好东西,就视为秘种,在南洋偷着种,把它磨成粉末,带到欧洲卖大价钱。至今法国还有一句俗语,形容物价太高就说"像胡椒一样贵"!后来到了十八世纪有个法国人名叫丕耶尔·浦华佛尔的,他想法子得到了些胡椒种子,才把它公开了。所以法国人就把胡椒叫作"浦华佛尔"。现在西餐席上,胡椒瓶和盐瓶并列,西洋人认为"不可一日无此君",至于辣椒呢,在西洋的菜场上虽偶然可以买到,但是欧洲人是不喜欢吃的。他们看见中国人吃还摇头呢!因此我们希望中国研究药性的科学家细心研究辣椒的功用,如果它真能去湿气,助消化,除胃病,就不妨把它郑重地介绍给西洋人。咱们也不希望留秘种,也不希望把大量的辣椒粉作为主要出口产品,运到欧洲去卖大价钱;不过,至少得让西洋人知道中国人会吃好东西!

但是,在未向西洋人宣传以前,川滇黔湘的人应先向江浙闽粤及华北的人去宣传。川滇人把辣椒称为"辣子",有亲之之意;江浙人叫它做"辣货",则有远之之意。"辣货"不是比"泼辣货"只差一个字吗?至于闽粤各地,更有些地方完全不懂辣椒的好处的。据说广东的廉江遂溪一带,市面上没有辣椒卖,外省人到那里住的爱吃辣椒时,只好到荒地上找寻野生的辣椒。可见辣椒在中国也尽有发展的园地。只要西南的人肯努力宣传,"口之于味有同嗜焉",我相信不久的将来,辣椒将成为全国的好友。据我所知,有几位素来不吃辣椒的太太,在长沙住了两三个月,居然吃起辣椒来；现在竟是相依为命，成为非椒不饱的人了。

在乡间住了一年多，更懂得辣椒的宝贵。贫穷的人家，辣椒算是最能下饭的好菜。人类是需要刺激的。大都市的人们从电影院和跳舞场中找刺激；乡下人没有这些。除了旱烟和烧酒之外，就只有辣椒能给他们以刺激了。辛苦了一天之后，"持椒把酒"，那一副怡然自得的神气，竟和骚人墨客的"持螯把酒"差不多。

辣椒之动人，在激，不在诱。而且它激得凶，一进口就像刺入了你的舌头，不像咖啡的慢性刺激。只凭这一点说，它已经具有"刚者"之强。湖南人之喜欢革命，有人归功于辣椒。依这种说法，现在西南各省支持抗战，不屈服，不妥协，自然更是受了辣椒的刚者之德的感召了。向来不喜欢辣椒的我，在辣椒之乡住了几年，颇有同化的倾向。近来新染胃病，更想一试良药。再者，最廉价的香烟每盒的价钱已经超过我每日的收入之半数，我在戒烟之后，很想找出一种最便宜而又最富于刺激性的替代品。因此，我现在已经下决心了和椒兄订交了。

【原载一九四二年《中央周刊》】

骑　　马

　　西洋的汉学家以为中国人本来是不会骑马的，骑马的艺术系从蒙古族学得。这话的重要证据自然是赵武灵王胡服骑射。真的，咱们在《诗经》里所看见的"四牡有骄""两骖如舞"一类的字句，都只描写的是拉车的马，而不是人骑的马。但是，咱们不必讳言骑马是从胡人学来的，正像现在不必讳言飞机大炮是从西洋学来的一般，只要咱们有跟人学样的本领就好。像春秋战国时代的中国武士那样神勇，学骑马是绰有余裕的。依《左传》里说，当时中国的武士会跳上战车，甚至可以在马跑的时候跳上敌人的车辆去刺杀敌人。拿这种本领去学骑马，不是易如反掌吗？

　　大家都知道，古代的英雄是怎样爱他们所骑的马。楚霸王的乌骓和虞姬并重，或者可说比虞姬更为重要，因为等到"骓不逝"的时候，虞姬只能陪着他徒唤"奈何"。名将有了良马，然后相得益彰。故曰："人中有吕布，马中有赤兔。"直到现代，我还觉得一位军长骑上一匹马就格外显得威风凛凛。那种"逸势凌蛟虬"的神气决不是任何机械所能代替。假使将来战术发展到总司令须坐某种"堡垒"上阵,我在赞赏战术高明之余,仍旧要惋惜武士不复能感受乌骓赤兔的烟士披里纯。

说起骑马,会联想到西洋古代的"骑士"。只有那种任侠仗义扶弱锄强的人,才不辱没了名马。依照传说,中古时代只有"骑士"能有骑马的权利,而"骑士"又都是忠勇的人。不管它是不是事实,只这忠勇和马的搭配就够有趣的。咱们可以说,马就是忠勇的象征。

文人的骑马,一般说起来,却是最可鄙的。"春风得意马蹄疾,一日看尽长安花",这是何等浅的器量!"宣劝不辞金碗侧,醉归争看玉鞭长",这是多么令人作呕的神情!我们读到这一类的诗句的时候,眼睛里活现出戏台上状元游街的景象:一个弱不禁风的瘦书生拿着鞭子像挥扇般地摇了又摇。这和骏马的神态形成一种极端的矛盾。马者,怒也,武也(据《说文》)。多数书生非但不能武,连怒也不过五分钟,如果他们要骑马的话,最好择一些"驽骀"给他们骑。

不过,这也不可一概而论。像陆放翁的骑马也就不凡。"桃花骏马青丝鞿""射雉西郊常命中",这种畋猎的英姿,并不亚于冲锋陷阵。也许因为他是帅府的参议,所以能有"上马杀敌,下马作露布"的豪情。必须是他这种人,才够得上说:"中原北望气如山",才够得上说:"老子犹堪绝大漠,诸君何至泣新亭?"才够得上说:"剖心莫写孤臣愤,抉眼终看此虏平!"

女子骑马自然别有风韵;然而骅骝毕竟是配英雄的,不是配美人的。除非是美人而兼英雄!昭君出塞虽也骑马,但是我想只是按辔徐行。冼夫人、平阳公主、梁红玉、秦良玉和沈云英,她们是否善于骑马,有没有良马,可惜咱们不知道。香妃的戎装画像确能动人,而且我们相信她会骑马,因为她是回部的女子。我喜欢看见西洋女子en amazone,非但衣服近似男装,而且当她们纵马加鞭的时候,也饶有丈夫气。我又在北平看见摩登小姐们骑马游春,情景却不一样;看她们那种战战兢兢的样儿,实在令人不好受。但是,抗战以后,女同胞当中却产生了不少的阿马孙英雄,她们非但有马革裹尸的志气,而且有跃马檀溪的胆量。她们和白云观外的嬉春女士相差得实在太远了。

我喜欢骑马,却不喜欢骑驴。驴子那种冒冒然的意态,只能增加人们的萎靡不振。《封神榜》里的神仙有骑狮子的,有骑虎的,有骑鹿的,有骑仙鹤的,依我猜想,都不如骑马的英雄气概。

当我骑马的时候，非但不喜欢按辔徐行，而且不爱它那种赛跑式的步伐。我喜欢它飞；我爱它如天马行空；我爱它如风驰电掣。我们的土话把马的小跑叫作"小滚"，马的大跑叫作"大滚"。"小滚"只觉得颠簸不堪；在这种情形之下，骑马和骑驴并没有什么大分别。至于"大滚"的时候，就大大不同了。马似流星人似箭，你只觉得身轻如叶，飘飘欲仙，并不像一匹马载着你在走路，只像一只神鹰载着你在凌空！只有这样，你才尝得到骑马的乐趣。"小滚"的结果，会使你头昏脑涨；"大滚"的结果，会使你忘却疲劳——纵然疲劳了，也包管你夜里睡得安稳。会骑马的人不喜欢"小滚"而喜欢"大滚"，正像喝酒的人不喜欢淡酒而喜欢白兰地。不看见那些能喝一瓶白兰地的人只喝四两"时酒"就叫头疼吗？

　　昆明骡马之多，可以比得上北平。乡下女子也会横坐在载货的鞍子上，让马蹄得得的声音伴着她们的歌声，这一点却是北平女子所不能及的。只可惜昆明的马不够魁梧，又给过量的货物压坏了身体。至于那些专赁给人家骑的马，自然比较地体面些，但是我骑过了一次之后，觉得大大失望。因为它非但不会"大滚"，而且连"小滚"也不会。一个赶马的小孩跟着它款款而行，比人走得还慢呢。

我十四岁就学骑马。虽然栽了不少的筋斗，但是那种飞行的乐趣，至今犹萦梦寐。这二十年来，总没有痛痛快快地骑它一次，不免有髀肉复生之感。我自信盛年虽逝，豪气未消。等到黄龙既捣，白堕能赊的时节，定当甘冒燕市之尘，一试春郊之马！

【原载一九四二年《中央周刊》】

诅　　咒

波特莱尔在《恶之花》里，把"恨"认为"恶"之一种，然而他并不反对"恨"；相反地，他赞成人们尽量把怨恨宣泄出来，事实上，报仇雪耻是人类的本性，谁愿意把一场闷气郁在肚子里？不过，有时候在能力上做不到"白刀子进去，红刀子出来"的地步，不得已而思其次，就变出许多花样来了。

第一个办法是诅咒。此事由来已久。《左传》里说："郑伯使卒出豭，行出犬鸡，以诅射颖考叔者。"可见诅咒在当时是一种颇隆重的大典。《旧约》圣经里也不少关于诅咒的记载，可见古今中外都相信这一套法宝。咱们也不能说这种事完全是一种弱者的行为；在当时，大家的确相信这是一套有效的法宝，这是无形的刀剑，和有形的刀剑同功。以诅咒杀人，和《封神榜》里所说的哼哈二将用口鼻嘘气杀人，并没有强弱勇怯的分别。到了现代便不同了，诅咒的人故意要让被诅咒的人听见，这样，一则显得诅咒的人自己并不相信这是一种有效的法宝，二则显得诅咒的人实在是个弱者。没有法子宣泄他的怨恨，只能利用那于人无损的诅咒。试看现代喜欢诅咒的人多数是女人，而且往往不敢指名诅咒，就可明白这个道理。

第二个办法是匿名骂人，这里头包括着墙壁上写字和匿名信，墙壁上写字最足以表示阿Q的心理，而这种阿Q以学生为最多。厕所里是最常见，也是最难避免脏话的地方。其余如教室里的黑板，膳堂里的墙壁，甚至于写到马路上去；要看校风如何而定。中国旧小说里一向鼓励"明人不做暗事"，大约正因为社会上做暗事的人太多了，像武松、十三妹之流的人物没有几个，所以才值得大大的提倡。匿名信在手段上更进一层：墙上写字，被骂者未必有机会看见；匿名信则被骂者非见不可。在内容上，墙上写字和匿名信也颇有不同。墙上写字往往只骂人，不恐吓人；匿名信却多数带着恐吓的性质。墙上写字往往因为时间匆促，不能畅所欲言，厕所里虽合于欧阳永叔"三上"的原则，适宜于运用文思，毕竟谁也不愿意久待在里面；至于匿名信却不同了，他可以花一整夜的工夫，尽量运用他那"骂人的艺术"，去进行他的"神经战"。依我们的想象，匿名信应该特别容易写得好，因为要说什么就说什么，毫无顾忌，也不像写信谏劝尊长那样需要委婉,也不像替报纸上写文章那样处处预防"被抽"。这样,匿名信骂起人来,应该能使陈琳点头,骆宾王逊色,才是道理。但是不幸得很,大约因为做这种暗事的都是些"暗人"吧,暗得像个牛皮灯笼,也就不会有什么太漂亮的话的。记得数年前,桂林某大学校长上任不久,接到一封匿名信,信内怪他招生考过了两个星期还不放榜——天晓得是否借题发挥——结果骂他是汉奸。逻辑是这样的:凡在抗战期间不充分利用时间来努力为国家服务者都是汉奸,某校长放榜不速,太懒惰了,所以是汉奸。某校长看了,笑了一笑,撕了,说:"这种不通的学生,榜上不会有名的。"只要你是一位新任的某某长,不拘政界、学界,都得准备在贺电纷陈之中接受几封匿名信。如果你大惊小怪,嚷着要彻底清查,那你的气量并不比那写信人的气量大些。倒不如索性见怪不怪,其怪自败。本来嘛,写匿名信的人根本就是一个弱者。连自己的名字都不敢说出来,可见他所说的怎样怎样对付你也只等于掩着耳朵放鞭炮。古人说:"明枪易躲,暗箭难防",写匿名信的人非但没有胆量用明枪,而且也没有胆量放暗箭。试看旧小说里放暗箭的,有先自嚷出来的吗?不敢做的人才干嚷呢!

　　第三个办法是当面恐吓,这里头包括着摩拳

擦掌和拿出手枪来。摩拳擦掌也是一种外强中干的行为。我们不相信，多摩一摩拳，多擦一擦掌，就可以增加一分气力或勇气。相反地，拳越摩，心越怯；掌越擦，胆越小。摩拳的唯一作用是使对方害怕；如果对方不睬，也就黔驴无技了。二十年前，我在上海读书的时候，看见两位同学吵架。一位骂得最凶，摩拳擦掌半天之久，另一位不太说话，更说不上擦掌摩拳。突然间，二人中有一人被打倒在地了，大家一看，却是摩拳擦掌的那人。也许他是摩擦得一阵头昏，才吃了亏的。至于拿出手枪来，自然是恐吓的最高峰。但是，在某一些情形之下，它也可以说是和摩拳擦掌差不多，固然，譬如你黑夜在家里遇见强盗，他拿出手枪来禁你声张，你要不依他，他很可能就开枪。这一则因为事在危急，二则因为他打死了人之后很难追究出来谁是凶手。但是，世上有许多人为了芝麻大的事情也拿出手枪来吓人，那就不过吓吓而已。在吓的人觉得：吓得有效力最好，即使没有，也不会有什么损失。我们并不劝人看见了手枪要发怒，要去抢他的手枪；但是如果某君该欠你十万元，你不可不必因为看见了手枪而改口说成九万九千九百九十九。那手枪也许是坏了的，也许是没有装上子弹的。即使装上了子弹，他未必开枪，也未必瞄准，即使他瞄准，如果你一心镇静,说不定那子弹还退回枪膛里去呢!

"诅咒"和"恐吓"乃是可怜虫的制造者。最有趣的是:谁是可怜虫,并不全由诅咒和恐吓这两种行为来决定,还要看对方的反应如何。被诅咒或恐吓的人如果心里害怕,坐卧不安,那么他就是可怜虫了。但是如果他以逸待劳,以静制动,使那诅咒的人或恐吓的人枉费心机,白忙一阵,那么,可怜虫却在彼而不在此。

【原载一九四三年五月《中央周刊》】

劝　　菜

中国有一件事最足以表示合作精神的，就是吃饭。十个或十二个人共一盘菜，共一碗汤。酒席上讲究同时起筷子，同时把菜夹到嘴里去，只差不曾嚼出同一的节奏来。相传有一个笑话。一个外国人问一个中国人说："听说你们中国有二十四个人共吃一桌酒席的事，是真的吗？"那中国人说："是真的。"那外国人说："菜太远了，筷子怎么夹得着呢？"那中国人说："我们有一种三尺来长的筷子。"那外国人说："用那三尺来长的筷子，夹得着是不成问题了，怎么弯得转来把菜送到嘴里去呢？"那中国人说："我们是互相帮忙，你夹给我吃，我夹给你吃的啊！"

中国人的吃饭，除了表示合作的精神之外，还合于经济的原则。西洋每人一盘菜，吃剩下来就是暴殄天物；咱们中国人，十人一盘菜，你不爱吃的却正是我所喜欢的，互相调剂，各得其所。因此，中国人的酒席，往往没有剩菜；即使有剩，它的总量也不像西餐剩菜那样多，假使中西酒席的菜本来相等的话。

有了这两个优点,中国人应该踌躇满志,觉得圣人制礼作乐,关于吃这一层总算是想得尽善尽美的了。然而咱们的先哲犹嫌未足,以为食而不让,则近于禽兽,于是提倡食中有让。起初是消极地让,就是让人先夹菜,让人多吃好东西;后来又加上积极地让,就是把好东西夹到了别人的碟子里,饭碗里,甚至于嘴里。其实积极地让也是由消极地让生出来的:遇着一样好东西,我不吃或少吃,为的是让你多吃;同时,我以君子之心度君子之腹,知道你一定也不肯多吃,为的是要让我。在这僵局相持之下,为了使我的让德战胜你的让德起见,我就非和你争不可!于是劝菜这件事也就成为"乡饮酒礼"中的一个重要项目了。

劝菜的风俗处处皆有,但是素来著名的礼让之乡如江浙一带尤为盛行。男人劝得马虎些,夹了菜放在你的碟子里就算了;妇女界最为殷勤,非把菜送到你的饭碗里去不可。照例是主人劝客人;但是,主人劝开了头之后,凡自认为主人的至亲好友,都可以代主人来劝客。有时候,一块"好菜"被十双筷子传观,周游列国之后,却又物归原主!假使你是一位新姑爷,情形又不同了。你始终成为众矢之的,全桌的人都把"好菜"堆到你的饭碗里来,堆得满满的,使你鼻子碰着鲍鱼,眼睛碰着鸡丁,嘴唇上全糊着肉汁,简直吃不着一口白饭。我常常这样想,为什么不开始就设计这样一碗"十锦饭",专为上宾贵客预备的,倒反要大家临时大忙一阵呢?

劝菜固然是美德,但是其中还有一个嗜好是否相同的问题。孟子说:"口之于味,有同嗜也。"我觉得他老人家这句话多少有些语病,至少还应该加上一段"但书"。我还是比较地喜欢法国的一句谚语:"唯味与色无可争。"意思是说,食物的味道和衣服的颜色都是随人喜欢,没有一定的美恶标准的。这样说来,主人所喜欢的"好菜",未必是客人所认为好吃的菜。肴馔的原料和烹饪的方法,在各人的见解上(尤其是籍贯不相同的人),很容易生出大不相同的估价。有时候,把客人所不爱吃的东西硬塞给他吃,与其说是有礼貌,不如说是令人难堪。十年前,我曾经有一次作客,饭碗被鱼虾鸡鸭堆满了之后,我突然把筷子一放,宣布吃饱了。直等到主人劝了又劝,我才说:"那么请你们给我换一碗白饭来!"现在回想,觉得当时未免少年气盛;然而直到如今,假使我再遇同样的情形,一时急起来,也难保不用同样方法来对付呢!

中国人之所以和气一团,也许是津液交流的

关系。尽管有人主张分食，同时也有人故意使它和到不能再和。譬如新上来的一碗汤，主人喜欢用自己的调羹去把里面的东西先搅一搅匀；新上来的一盘菜，主人也喜欢用自己的筷子去拌一拌。至于劝菜，就更顾不了许多，一件山珍海错，周游列国之后，上面就有了六七个人的津液。将来科学更加昌明，也许有一种显微镜，让咱们看见酒席上病菌由津液传播的详细状况。现在只就我的肉眼所能看见的情形来说。我未坐席就留心观察，主人是一个津液丰富的人。他说话除了喷出若干唾沫之外，上齿和下齿之间常有津液像蜘蛛网般弥缝着。入席以后，主人的一双筷子就在这蜘蛛网里冲进冲出，后来他劝我吃菜，也就拿他那一双曾在这蜘蛛网里冲进冲出的筷子，夹了菜，恭恭敬敬地送到我的碟子里。我几乎不信任我的舌头！同是一盘炒山鸡片，为什么刚才我自己夹了来是好吃的，现在主人恭恭敬敬地夹了来劝我却是不好吃的呢？我辜负了主人的盛意了。我承认我这种脾气根本就不适宜在中国社会里交际。然而我并不因此就否定劝菜是一种美德。"有杀身以成仁"，牺牲一点儿卫生戒条来成全一种美德，还不是应该的吗？

【原载一九四三年五月《中央周刊》】

洪乔主义

晋殷羡字洪乔,当他做豫章太守的时候,京都的人托他带一百多封信。他到了石头渚,就把那些信都扔在水里,说:"沉者自沉,浮者自浮。殷洪乔不为致书邮!"后人把那石头渚叫作投书渚。

我们读了这一段故事之后,觉得痛快之至。但是,古代的人托人带信,还有几分可以原谅。因为古代并没有邮政,公文的传递虽有驿使,私人的书信就只好托人了。古代所谓寄书,十分之九是家书,在寄件人和收件人都觉得是"家书抵万金",那么,受托寄书的人何忍使他"寄书长不达"呢?因此,我们虽觉得殷洪乔这事做得痛快,同时也觉得他有点儿"过火",不近人情。

现在的情形却不同了。贴上了一张邮票,一封信可以升天入地,无远不届。在这时代,居然还有托人带信的事,真是滑稽之至!说是贪快吧,托人带信决不会比邮政更快;恰恰相反,带信的人到目的地之后,办自己事要紧,说不定会把你的信遗忘在箱子里,一搁就是一两个星期。说是慎重吧，托人带信决不会比邮政更可靠；你要慎重，不妨来一个双挂号，邮局遗失了你的信还会给你赔偿损失。如果托人带信，非但遗失概不负责，还有被人私拆的危险——不，讲礼貌的人托人带信，根本就不应该封口，还有什么慎重可言？归根说起来，现代托人带信只有一个可怜可鄙的理由，就是要节省几个钱的邮票。那么，对国家，他是邮政的走私者，这是不忠；对朋友，他把人家当作一个义务的邮差，这是不义。不忠不义所以是可鄙；为了节省极少数的钱而甘心自陷于不忠不义，所以是可怜。为了托带私信而累得朋友受了重罚（在外国确有其事），那就超过了可鄙可怜，简直是太可恶了。古代托人带信，是不得已，是慈父孝子或恩爱夫妻的一种值得同情的恳求；现代托人带信，却是视钱如命的一种损人利己的手段。假使殷洪乔生在现代，有人托他带信到豫章，他一定当面把信扔在地上，再吐上一口痰，还有耐心带到石头渚才把它扔在水里吗？

　　带信到底是轻易的事情，还有比带信更麻烦的，就是托人带衣物和食品。我明天要到重庆去了，今晚张三托我带一件衣料给他的太太，李四托我带一双鞋子给他的未婚妻，蔡大嫂托我带一件旧裤子给她的阿毛，钱三婶托我带一床破被窝给她的跟弟。我从昆明到北平，张太太托我带三斤大头菜，我从天津到上海，李小姐托我带一篓小白梨，一包四川井盐要跟着我旅行杭州；两只南京板鸭要跟着我游览香港。我自己的行李力求简便，竟像为的是保留着有余的地位，替亲友们效劳！遇着关卡，我得替他们担心，替他们缴验，必要时还得替他们纳税甚至于受罚。火车到站或轮船靠岸的时候，一时找不着挑夫，我得替他们抱之负之。为了他们的东西太多，累得我打碎了一只热水瓶，碰坏了一个照相机，遗失了一根手杖。他们为什么要这么累我呢？并非因为北平没有云南大头菜，也并非因为上海没有天津小白梨，只是大头菜和小白梨在它们的出产地便宜些，乐得叫我代他们运输，反正用不着缴纳运输费。我自己也有亲友在北平，我并没有为他们带些大头菜；我自己也有亲友在上海，我并没有为他们带些小白梨，为的是嫌笨重，怕麻烦。现在我却为了朋友的朋友，或朋友的亲戚，辛辛苦苦地带了笨重的东西，旅行数千里，你说气人不气人？中国人喜欢占小便宜，只要自己得到好处，就顾不得别人辛苦，甚至利用别人的劳力，来博取自己的人情。这种风气若不革除，将来总有那么一天，张三托我从柳州带一口棺材到哈尔滨，李四托我从昆明带一床稿荐飞加尔各答。

因此，我提倡一种主义，凡是托我带信的，

我们付之一炬（因为不一定经过一条河，所以不一定要扔在水里）；凡是托我们带衣物的，水果可以供我们在火车上解渴，腊味可以供我们在旅馆里下饭，若遇着不喜欢吃或不好吃的东西，可以扔在路上，自然有人来拾。悭吝的人我们该使他破财，喜欢占小便宜的人我们该使他吃大亏，这就是我们的"洪乔主义"。

【原载一九四三年五月二十二日《生活导报》】

溜　　达

在街上随便走走，北平话叫作"溜达"。溜达和散步不同：散步常常是拣人少的地方走去，溜达却常常是拣人多的地方走去。溜达又和乡下人逛街不同：乡下人逛街是一只耳朵当先，一只耳朵殿后，两只眼睛带着千般神秘，下死劲地盯着商店的玻璃橱；城里人溜达只是悠游自得地信步而行，乘兴而往，兴尽则返。溜达虽然用脚，实际上为的是眼睛的享受。江浙人叫作"看野眼"，一个"野"字就够表示眼睛的自由，和意念上毫无粘着的样子。

溜达的第一个目的是看人。非但看熟人，而且看陌生的人；非但看异性，而且看同性。有一位太太对我说："休说你们男子在街上喜欢看那些太太小姐们，我们女子比你们更甚！"真的，世上没有一样东西，比一件心爱的服装，一双时款的皮鞋，或一头新兴的发鬈，更能在街上引起一个女子的注意了。甚至曼妙的身段，如塑的圆腓，也没有一样不是现代女郎欣赏的对象。中国旧小说里,以评头品足为市井无赖的邪僻行为,其实在阿波罗和貔子所启示的纯洁美感之下,头不妨评,足不妨品,只要品评出于不言之语,或交换于知己朋友之间,我们看不出什么越轨的地方来。小的时候听见某先生发一个妙论,他说太阳该是阴性,因为她射出强烈的光来,令人不敢平视;月亮该是阳性,因为他任人注视,毫无掩饰。现在想起来,月亮仍该是阴性。因为美人正该如晴天明月,万目同瞻;不该像空谷幽兰,孤芳自赏。

  溜达的第二个目的是看物。任凭你怎样富有,终有买不尽的东西。对着自己所喜欢的东西瞻仰一番,也就可饱眼福。古人说:"过屠门而大嚼,虽不得肉,聊且快意";现在我们说:"入商场而凝视,虽不得货,聊且过瘾。"关于这个,似乎是先生们的瘾浅,太太小姐们的瘾深。北平东安市场里,常有大家闺秀的足迹。然而非但宝贵的东西不必多买,连便宜的东西也不必常买;有些东西只值玩赏一会儿,如果整车地搬回家去,倒反腻了。话虽如此说,你得留神多带几个钱,提防一个"突击"。我们不能说每一次溜达都只是溜达而已:偶然某一件衣料给你太太付一股灵感,或者某一件古玩给你本人送一个秋波,你就不能不让你衣袋里的钞票搬家,并且在你的家庭账簿上,登记一笔意外的账目。

就我个人而论，溜达还有第三个目的，就是认路。我有一种很奇怪的脾气，每到一个城市，恨不得在三天内就把全市的街道都走遍，而且把街名及地点都记住了。不幸得很，我的记性太坏了，走过三遍的街道也未必记得住。但是我喜欢闲逛，就借这闲逛的时间来认路。我喜欢从一条熟的道路出去溜达，然后从一条生的道路兜个圈子回家。因此我常常走错了路。然而我觉得走错了不要紧；每走错了一处，就多认识一个地方。

我在某一个城市住了三个月之后，对于那城市的街道相当熟悉；住了三年之后，几乎够得上充当一个向导员。巴黎的五载居留，居然能使巴黎人承认我是一个"巴黎通"。天哪！他们哪里知道这是我五年努力溜达（按理，"努力""溜达"这两个词儿是不该发生关系的）的结果呢？

溜达是一件乐事；最好有另一件乐事和它相连，令人乐上加乐，更为完满，这另一件乐事就是坐咖啡馆或茶楼。经过了一两个钟头的"无事忙"之后，应该有三五十分钟的小憩。在外国，街上溜达了一会儿，走进一家咖啡馆，坐在Terrasse上，喝一杯咖啡，吃两个"新月"面包，听一曲爵士音乐，其乐胜于羽化而登仙。Terrasse是咖啡馆前面的临街雅座，我们小憩的时候仍旧可以"看野眼"，一举两得。中国许多地方没有这种咖啡馆,不过坐坐小茶馆也未尝不"开心"。这样消遣了一两个小时之后,包管你晚上睡得心安梦稳。

溜达自然是有闲阶级的玩意儿,然而像我们这些"无闲的人",有时也不妨忙里偷闲溜达溜达。因为我们不能让我们的精神终日紧张得像一面鼓!

【原载一九四三年六月五日《生活导报》】

老 妈 子

所谓老妈子，就是女佣。"老妈子"并不一定老，有六十岁的老老妈，也有十八岁的"小老妈"。先把定义说明了，省得下文引起误会。

用老妈子不一定是摆阔，尤其是为社会服务的人，他们的用老妈子，实在合于涂尔干的社会分工论。她本来要为她自己煮饭吃的，何妨为我们多下一合米？她本来要为她自己洗衣裳的，何妨为我们多洗三五件？省下我们的劳力，做些有益于人群的事情。

好的老妈子是真好。每天照例该做的事，她绝对用不着你关照一声。偶然有些临时预备的事，你没有开口，她已经给你预备下了。你在出门以前，她一声不响地给你擦皮鞋；你在回家以后，她又会一声不响地给你摺好了你换下来的衣服。她以一身而兼保姆、厨子、花匠、清道夫诸职，几乎令人不敢相信她的工资只有国币五元。看她一天到晚忙个不停，你不能说她是为了区区五元钱而忙，只能说她是对于工作有兴趣，至少在表面上是如此。每逢过年过节,她换了一身新衣服,来向你鞠一个九十度的躬,令你周身松快。谁说不是呢?好的老妈子是真好!

抗战几年以后,情形大不相同了。并不是说国难时期没有好的老妈子,只是说我们这些寒儒用不起好的。我们既不能花千元的"月薪",又不能天天打牌来满足她的"需要",不得已而思其次,就只好找一个初出茅庐的乡下人,或少年龙钟的城里人来充数了。天哪!就是这样的下驷之才,每月工资国币三百元,连伙食算起来,也就占了我们每月收入的半数!但是,正因为它占了你每月收入的半数,所以你应该用下驷之才!如果它只占十分之一或百分之一,你倒反不愁没有好的老妈子可用了。

不会捉老鼠的猫儿也会吃鱼和牛肉,同理,不会做事的老妈子也会"揩油"。狡猾的,她会买十二两报一斤;平凡的,她也会用了十元报十五。不过,其中也未尝没有忠厚的:譬如你给她一百元买菜去,她回来报账给你听,猪肉三十元,豆腐八元,白菜十三元,西红柿二十元,余款三十一元。其实余款该是二十九元,她还多缴还你二元。——但是,天晓得这二元钱是怎样多出来的!

清洁和整齐,在某一些"下驷"看来,即使不是咄咄怪事,至少也是多余的事,尤其是每天买不起四两肉的人也讲究清洁，除了几本破书之外别无长物的人也讲究整齐，在她们看来简直是发疯。她们能举出许多实例来告诉你：某家天天吃的是山珍海错，也不妨在鲍鱼汤里加上两只清炖苍蝇；某家住的是高堂大厦，睡的是蓝笋象床，也不妨在屋角堆些碎绸零缎让耗子做窠，在地板上留些果皮表示哥儿们常常有的吃零食。穷措大们简直没有见过世面，只像李阿毛的儿子，读了两本小学教科书，就回家去教人拾掇，宣传卫生！

如果用的是"小老妈"，有时更令你头疼。当她初出茅庐的时候，自然是很好用的，甚至于跟太太学会了做几样好菜，客来不用主妇亲自上厨房；又从太太那里念了两本书，认识了一千几百个字，补偿童年所应受的智育和德育。由此感恩图报，立誓终身相随。谁知她在城里居住不上半年，已经由红裤变为蓝裤，由纱袜变为丝袜，渐渐地又套上一件旗袍。于是她平日所模仿的太太渐渐被她认为落伍，不够摩登，而主人的家庭也被认为太窄，使她回旋不得。于是风流事儿来了：看中张君瑞者不是莺莺小姐，而是红娘；幽会的地方不在西厢而在逆旅。再过一两个星期，她会向你辞职，或竟悄然作冥冥之飞鸿。再过一年半载，你会在街上遇着一位漂亮太太，和她挽臂的"骑士"是一位西装革履的翩翩少年。她会请主人和主妇上馆子，吃大菜，一则表示她阔气，二则在衣冠相形之下，大有主仆易位之势，也能令她吐气扬眉。那时节，你一定啼笑皆非，只好举杯祝他们一句"愿天下有情人皆成眷属"。

"大时代"中的寒儒，一方面是万事不如人，一方面还离不了数十年未曾离开过的老妈子。这种矛盾的情况，养成先生太太的自卑和老妈子的自尊。因为衣食欠缺，住屋湫隘，唯恐她嫌；又因为工资低微，唯恐她走。她对我们是稍忤即嗔，恨尤甚于刺骨；我们对她是未言先笑，谄有过于胁肩。人家挞婢如挞犬，体罚施于泥中；我们事仆如事亲，色养行于灶下。吹求岂敢，恭顺未遑。在古人是炊藜不熟，妻可大归；在我们是煮饭夹生，仆无小谴。有时候还得听她的一番"训话"、几句"格言"。主仆之分未移，主仆之情已改。从今以后，曰"妈"曰"嫂"，总是发号施令之人；称"太"称"爷"，无非低头帖耳之辈了。

话又说回来了。"四体不勤"的人，到了这个国难极端严重的时期，仍旧是"四体不勤"，一罪也；"谋生拙似鸠"的人竟也妄想"役人"，二罪也。有此二罪，而受老妈子的气，这是活该。奉劝一班寒儒，大家拆卸了这个穷架子。

【原载一九四三年六月二十日《生活导报》】

看　　报

　　现代的人，看报纸和吃饭一样地重要，我十四岁就喜欢看报。当时我住在广西的一个小城市里，联合了两三个朋友，订阅一份广州的报纸。从那时起，直到今天，我差不多没有一天离开过报纸。

　　从前是政界和教育界的人才看报；现在看报变成了一种时髦的事了，火车上，公共汽车上，看报的人真不少。

　　甚至于乡村里，挑粪的田舍郎手里还拿着一张报纸。我们不管他看了没有，也不管他是否附庸风雅，总之报纸事业比二十年前是兴旺多了。

　　看报的人有好几种。第一种是专看标题的忙人。这得要留神上当。标题不一定能把新闻的要点显示出来；有时候，遇着糊涂的编辑，竟弄成"题不对文"，标题和电文不相符合。又有时候，编辑并不糊涂，却是为了宣传的关系，故意使标题夸大，超过了电文所叙述的事实。糊涂不糊涂虽有不同，而"题不对文"却是一样的，所以有时候单看标题等于白看，甚至于得不着正确的新闻。第二种人是专看广告的。找职业的人看征聘广告，找房子的人看招租广告，要上电影院的人看电影广告，……这种人大约对于国家大事没有兴趣，只是为了私人的利益或享乐而看报的。第三种人是专看社会新闻的。社会新闻谁都爱看，但是有些人是先看国家大事，后看社会新闻；有些人是专看社会新闻，不问国家大事。社会新闻既然这样"吃香"，怪不得法国报纸把社会新闻登在第一版，用大字标题，一件情杀案比之一个阁员的更迭，更占显著地位，更用详尽而动人的描写。战前上海的《时报》曾经模仿这种作风；北平数十种小报全靠这些社会新闻来维持，卖报小孩的口里全靠这些社会新闻的"提要"来招揽生意，然而一般的"大报"对于这种社会新闻太忽略了，于是读者们倒反在广告里寻找社会新闻。"某某夫君鉴"和"警告妻某氏"的启事已经很有意思；至于"静鉴……芝启"和"芬……吾甚悔，盼一面，仁启"一类的公开信更非看下去不可。上面所说的三种人自然不能包括一切，譬如还有全份报纸一字不漏，看个"够本"的第四种人，我就是其中的一个。

有些人看报是抱定不信主义或折扣主义的。他们自以为聪明绝顶，知道报纸不外一种宣传作用,于是把报纸的话看作走江湖卖膏药的话,一味怀疑。至少,也把那些新闻打一个折扣来看待。当然像从前某国宣传敌国死伤军队的数目,如果从交战到当时统计下来,已经远超过那敌国的人口总数,非但妇孺都在死伤之列,而且未出世的敌国人民也该认为已被"预杀",才能和那死伤的数目相符。这样,也难怪读者们打折扣。但是,折扣主义的流弊,势非把姓陆的认为姓三,把九江认为"四个半河"不止!所以善于宣传的通讯和报纸决不陷于过度的浮夸;善于看报的人也决不滥打折扣。

有些神经过敏的人,根本不该看报;他们自以为看穿纸背,从字里行间找出些破绽或暗示来,于是庸人自扰,一夜数惊。其实一般说起来,老练的新闻记者的笔下决不会露出破绽,而他们的暗示也只能在有利方面,决不至于有意地扰乱人心。如果你每天在报上看见许多杯弓蛇影,那是你活该。

另有些喜欢预测时事的人,根据着今天的新闻,推测明日的变化。本来,时局的预测谈何容易!许多老政论家,老主笔,今天下午写一篇社论,到了晚上时局突变,只好从排字房里把它撤回来!然而有些人,他们毫无政论家的修养,毫无军略家的见识,也居然高谈阔论,吓唬一班甘心受骗的人。事实上往往在说得一班糊涂虫五体投地之后,那一位"政论家"或"军略家"自己忽又不能自信起来!这种自欺欺人的伎俩,造成"政论家"的一种娱乐,所以每天非吓唬三五个人不能过瘾。恰像悲剧易于动人,危言也易于耸听,于是我们的"政治家"在看了报纸之后,常常垂头丧气地发挥他那些充满了悲观论调的预言。凭良心说,他们并非有意宣传失败主义,更不是故意散布谣言,但这种以撒谎为乐的人也该给他一种应得的惩罚。我提议两个办法:第一个办法是把他的嘴缝起夹,让他成为三缄其口的金人!第二个办法是索性罚他在空房子里对着一块石头演说三小时,看他这一位"生公"还爱不爱胡说八道!

【原载一九四三年七月十一日《生活导报》】

说　　话

　　说话是最容易的事，也是最难的事。最容易，因为三岁孩子也会说话；最难，因为擅长辞令的外交家也有说错话的时候。

　　会说话的人不止一种：言之有物，实为心声，一謦一欬，俱带感情，这是第一种；长江大河，源远莫寻，牛溲马勃，悉成黄金，这是第二种；科学逻辑，字字推敲，无懈可击，井井有条，这是第三种；嬉笑怒骂，旁若无人，庄谐杂出，四座皆春，这是第四种；默然端坐，以逸待劳，片言偶发，快如霜刀，这是第五种；期期艾艾，隐蕴词锋，似讷实辩，以守为攻，这是第六种。这些人的派别虽不相同，实有异曲同工之妙。普通喜欢用"口若悬河"四个字来形容会说话的人，其实这是很不恰当的形容语。泼妇骂街往往口若悬河，走江湖卖膏药的人，更能口若悬河，然而我们并不承认他们会说话，因为我们把这"会"字的标准定得和一般人所定的不同的缘故。

　　应酬的话另有一套，有人专门擅长此术。捧

人捧得有分寸，骂人骂得有含蓄，自夸夸得很像自谦，这些技巧都是可以意会，而不可以言传的。尽管有人讨厌"油嘴"的人，但是实际上有几个人能不上油嘴的当？和油嘴相反的是说话不知进退，不识眉眼高低。想要自抬身份，不知不觉地把别人的身份压低；想要恭维别人，不知不觉地使用了些得罪人的语句。这种人的毛病在于冒充会说话，终于吃了说话的亏。我有一次听见某先生恭维一位新娘子说："人家都说新娘子长得难看，我觉得并不难看。"这种人应该研究十年心理学，再来开口恭维人！

有些人太不爱说话了，大约因为怕说错了话，有时候又因为专拣有用的话来说。其实这种人虽是慎言，也未必得计。越不说话，就越不会说，于是在寥寥几句话当中，错误的地方未必比别人高谈阔论里的错误少些。至于专拣有用的话来说，这也是错误的见解。会说话的人，其妙处正在于化无用为有用，利用一些闲话去达到他的企图。会着棋的人没有闲着，会说话的人也没有闲话。

有些人却又太爱说话了，非但自己要多说，而且不许别人多说。这样，就变成了抢说。喜欢抢说的人常常叫人家让他说完，其实看他那滔滔不绝的样子，若等他说完真是待河之清！这种人似乎把说话看作一种很大的权利，硬要垄断一切，不肯让人家利益均沾。偶然遇着对话的人也喜欢抢说,就弄成了僵局。结果是谁也不让谁,大家都只管说,不肯听,于是说话的意义完全丧失了。

打岔和兜圈子都是说话的艺术。打岔往往是变相的不理或拒绝。"王顾左右而言他",梁惠王就这样地给孟子碰过一回钉子。兜圈子往往是使言语变为委婉,但有时候也可以兜圈子骂人。兜圈子骂人就是"挖苦"人;说挖苦话的人自以为绝顶聪明,事后还喜欢和别人说起,表示自己的说话艺术。但是,喜欢"挖苦"的人毕竟近于小人,因为既不大方,又不痛快。

说话的另一艺术是捉把柄。人家说过了什么话,就跟着他那话来做自己的论据。这叫作"以子之矛,刺子之盾",往往能使对方闭口不言。不过,如果断章取义,或故意曲解,也就变为无聊了。

上面所说的打岔,兜圈子和捉把柄,相骂的时候都用得着。打岔是躲避,兜圈子是摆阵,捉把柄是还击。可惜的是:相骂的人大多数是怒气冲冲,不甘心打岔,不耐烦兜圈子,忘了捉把柄。由此看来,骂人决胜的条件是保持冷静的头脑。泼妇和人相骂往往得胜,并不一定因为她特别会说话,只因她把相骂当作一种娱乐,故能"好整以暇",不至于被怒气减低了她平日说话的技能。

说话比写文章容易,因为不必查字典,不必担心写白字;同时,说话又比写文章难,因为没有精细考虑和推敲的余暇。基于这后一个理由,像我这么一个极端不会说话的人,居然也写起一篇《说话》来了。

【原载一九四三年七月十八日《生活导报》】

夫妇之间

五伦之中，夫妇最早。若不先有夫妇，就不会有所谓父子兄弟。至于君臣，更是后起的事。也许有人说，应该是朋友最早，因为应该先是男女恋爱，然后结为夫妇。这话也有相当的理由。不过，依《旧约》里说，亚当和夏娃是上帝所预定的夫妇，他们并没有经过恋爱的阶段。由此看来，仍该说是夫妇最早。至少，西洋人不会反对我这一种说法。

上帝对夏娃说："你必恋慕你丈夫，你丈夫必管辖你。"这是夏娃听信了蛇的话之后，上帝对女人的处分。这两句话就是万世夫妇的祸根，一切夫妇之间的妒忌和争吵，都是由此而起。近来有人说结婚是爱情的坟墓，这话应该是对的，不信试看中国旧小说里，才子和佳人经过了许多悲欢离合，著书的人无不津津乐道，一到了金榜题名，洞房花烛，那小说也就戛然而止，岂不是著者觉得再说下去也就味同嚼蜡了吗？

为什么结婚是爱情的坟墓呢？因为结婚之后

爱情像启封泄气的酒，由醉人的浓味渐渐变为淡水的味儿；又因油盐酱醋把两人的心腌得五味俱全，并不像恋爱时代那样全是甜味了。成了家，妻子便把丈夫当作马牛：磨房主人对于他的马，农夫对于他的牛，未尝不知道爱护，然而这种爱护比之热恋的时候却是另一种心情！成了家，丈夫便把妻子当作狗，既要她看家，又要她摇尾献媚！对不住许多配偶，我这话一说，简直把极庄严正经的"人伦"描写得一钱不值。但是，莫忘了我所说的是"爱情的坟墓"；那些因结了婚而更升到了"爱情的天堂"的人，是犯不着为看了这一段话而生气的。

　　古人说："妻不如妾，妾不如妓，妓不如偷。"这话已经不合时代了。现在该说"婚不如姘"。某某高等民族最聪明，正经配偶之外往往另有外遇。正经配偶为的是油盐酱醋，所以女人非有二十万以上的财产就不容易嫁出去，男人若有巨万的家财，白发红颜也不妨相安，外遇为的是醇酒，就非十分倾心的人不轻易以身相许了。据说感情好的夫妻也不妨有外遇，因为富于热情的人，他的热情必须有所寄托，然而热情和感情是可以并行不悖的，凡为了夫或妻有外遇而反目的人简直是观念太旧，脑筋不清楚。天啊！若依这种说法，我想有许多"痴心女子"，在结婚之前唯恐她的心上人不热情，结婚以后，却又唯恐他太热情了。

随你说观念太旧也好，脑筋不清楚也好，夫妇之间往往免不了吃醋。占有欲是爱情的最高峰吗？有人说不，一千个不。但是，我知道有人不许太太让男理发匠理发，怕他的手亲近她的红颜和青丝；又有人不许太太出门，若偶一出门，回来他就用香烟烙她的脸，要摧毁她的颜色，让别人不再爱她，以便永远独占。

夫妇反目，也是难免的事情。但是，老爷噘嘴三秒钟，太太揉一会儿眼睛，实在值不得记入起居注。甚至老爷把太太打得遍体鳞伤，太太把老爷拧得周身青紫，有时候却是增进感情的要素，而劝解的人未必不是傻瓜。莫里哀在《无可奈何的医生》里，叙述斯加拿尔打了他的妻子，有一个街坊来劝解，那妻子就对那劝解者说："我高兴给他打，你管不着！"真的，打老婆、逼投河、催上吊的男子未必为妻所弃，也未必弃妻；揪丈夫的头发、咬丈夫的手腕的女人也未必预备琵琶别抱。倒反是有些相敬如宾的摩登夫妇，度了蜜月不久，突然设宴话别，揽臂去找律师，登离婚广告，同时还相约常常通信，永不相忘。

从前常听街坊劝被丈夫打了的妻子说："丈夫丈夫，你该让他一丈。"这格言并没有很多的效力。在老爷的字典里是"妇者，伏也"，在太太的字典里却是"妻者，齐也"。甚者于太太把自己看得比老爷高些。从前有一个笑话说，老爷提出"天地""乾坤"等等字眼，表示天比地高，乾比坤高；太太也提出"阴阳""雌雄"等等字眼，表示阴在阳上，雌在雄上。至于现代夫妇之间，更是太太们有一种优越感。其实，若要造成家庭幸福，最好是保持夫妇间的均势，不要让东风压倒西风，也不要让西风压倒东风。否则我退一尺，他进十寸，高的越高，高到三十三重天堂，为玉皇大帝盖瓦，低的越低，低到一十八层地狱，替阎罗老子挖煤，夫妇之间就永远没有和平了。

【原载一九四三年八月一日《生活导报》】

清　苦

抗战以前，常听人说大学教授是清高的。"高"字有三种意义，第一是品格高，第二是地位高，第三是薪金高。关于品格高，自不能一概而论，我们也就撇开不提。关于地位高，我们应该感谢达官贵人的尊贤礼士，使一个寒儒也常能与方面之权要乃至更高的官员分庭抗礼。关于薪金高呢？正薪四百至六百元，比国府委员的薪金只差二百元，比各省厅长的薪金高出一二百元不等，比中学教员的薪金高出五倍至十倍，比小学教员的薪金高出二十倍至三十倍。虽然住惯了外国的人对于区区每月四五百元的收入不觉得多，甚至于有"芸阁官微不救贫"之感，但是，像我们这些"知足"的人看来，每日有人送菜上门，每周有人送米上门，每月有人送煤上门，每隔一二十天有书贾送书上门，每逢春天有花匠送各种花卉上门，也就可以踌躇满志的了。

抗战两年后，大学教授的薪金，比小学教员只高四五倍；三年后，只高二三倍；四五年后，差不多一样的薪金；六年后某一些小学校的月薪已提到三千元以上，而同一地方的大学教授的月薪还滞留在二千至二千三百元之间。许多小学教员都是未婚的，而大多数的大学教授都是五口之家乃至八口之家的维持者。若以八口而论，每人每月只能消费二百五十元，比之一个单身的小学教员相差十倍以上。这好像冥冥之中有了报应：小学教员比大学教授辛苦多了，以前相差二三十倍的薪金太不公平了，"天道好还"，现在该轮着大学教授吃苦给小学教员瞧。等着瞧吧，将来总有一天，天公也让小学教员的薪金比大学教授高出二三十倍。

现在一般人谈及大学教授的生活，已经由"清高"改为"清苦"。在交际场中和宴会席上听说你是一个大学教授，即刻问及你的薪津，跟着你的答复就是一声"太清苦了！"有些人还更省事，他对于你的薪津数目早已熟悉，或虽不熟悉，总觉其数目之小得可怜是不问可知的，所以当主人介绍了一句之后，那初次识面的韩荆州就直截了当地奉献给你这么一个形容词。有时候，座中并没有大学教授，或虽有一两个而未为众客所发觉，大家一谈到了大学教授也就津津有味。某国学大师两个星期吃一次荤，某经济学家全家吃粥，某莎士比亚专家所吸的香烟坏到每一支要耗费十几根洋火,某科学权威拿着衣物沿街兜卖等等,一半事实,一半捏造,姑妄言之,姑妄听之。这种谈话资料,比之白杨村张二婶生了一个半头人身的怪物或挑扁担王五中了头奖更受人欢迎;而大学教授的清苦,也就妇孺皆知了。

别瞧"清高"和"清苦"只差一个字,它们所含的意味大有不同!从前所谓"清高",虽不见得是由衷的恭维,至少不令人觉得十分刺耳,因为那时的"清"字表示物质的享受虽然不够豪华,而所用的钱没有一文是肮脏的,所以就显得是"高"。现在"清苦"二字却实在太令人难堪了。在说话的人的心目中,"清"者乃是"无用"之别名,"苦"者乃是"可怜"之谓也。换句话说,清苦的大学教授就是无用的可怜虫。在承平时代,国家豢养名流,也不过是千金买骏骨的意思;现在是国难严重的时期,国家哪里还有闲钱,供给书虫去享清福?我们还想套扬子云的一句话来说:"为清于可清之时则从,为清于不可清之时则凶。"在衣帛食肉的时节而清,自然不失其为高;若在数米而炊,儿女啼饥号寒的时节而清,这并不是甘于为清,只是清惯了,要浊也不懂得浊,或浊不出什么花样来,这就不是"高",只是"苦"了。

达官贵人说你太清苦,是可怜你一月的收入

还赶不上侍候一夜麻将的女佣的赏钱；大腹贾说你太清苦，是可怜你上谙天文，下通地理，三教九流无所不晓的大学者，在谋生的计划上还远不及他的账目和算盘。骈骊之裘既鬻，长门之赋难沽，空余歌凤之辞，终乏换鹅之帖。清固然矣，苦殊甚焉！"清苦"这两个字，表面上虽是同情的话，实际上却充分表现着说话的人优越之感。"清"有什么稀罕，"苦"则实在可怜。读书破了万卷的人不如一个小工，令人觉得"万般皆上品，唯有读书低"，而今以后，门前的春联该换上一句"要好儿孙不读书"了。

然而在清苦的人自己却不这样想。因为要清，所以愿苦！因为求清而吃苦，就不愿因苦而受人怜悯，受人帮助，以损及他们的清。古人不受嗟来之食，何况现在说"清苦"的话的人，竟等于不叫"来食"而仅吐出一声怜悯的"嗟"！"贫士无财有傲骨，愈穷傲骨愈突兀"；他们在平时并不自鸣清高，在困时也不自怜清苦。不引怜的人自然也不受人怜；"清"字拜嘉，"苦"字敬请移赠沿门托钵的叫化子。

【原载一九四三年八月二十二日《生活导报》】

忙

"自嗟名利客,扰扰在人间;何事长淮水,东流亦不闲?"可见是人就非忙不可。不过忙的程度有深浅,而忙的种类也各有不同。打麻将打到天亮,也是忙之一种。现在我只想提出三种忙来说:第一是恋爱忙,第二是事业忙,第三是应酬忙。

青年时代除了读书之外,就是恋爱忙了。有许多青年,读书可以不忙,恋爱却不能不忙。为了恋爱,可以"发愤忘食";为了恋爱,可以"三月不知肉味";为了恋爱,可以"下帷""目不窥园";为了恋爱,可以"下笔不能自休""烛尽见跋"。至于戴月披星,栉风沐雨,为了爸爸妈妈所不肯忙之事,为了密斯则甘心忙了又忙,多多益善。恋爱的青年有闲中之忙,有忙中之闲。所谓闲中之忙,是因为游水玩水,步月赏花成为一种功课,一种手段,你闲也要你闲,你不闲也要你闲。这样的情形,我们可以叫作"忙于装闲"。所谓忙中之闲,却是因为火车站上立移时,芳踪竟杳；会客室中坐落日，香辇未归。此时大可倚杖看云，凭窗读画，然而热锅上的蚂蚁却没有闲心思去欣赏大自然和艺术。这样的情形，我们可以叫作"欲忙不得"。

到了中年，恋爱时代已过，却又该为事业而忙了。恋爱的忙，虽忙不苦；事业的忙，有时候既忙且苦。当然，以一身系天下安危的人，多忙一分，则民众多受一分的德泽；就是为自己而忙，只要忙得有意思，忙得有花样，忙得顺利，也就高兴去忙。不过，世界上高兴忙的人实在太少了，苦忙的人也实在太多了。国文教员每晚抱着一大堆作文本子，呕尽心血去改正那些断头削足、冠履倒置的字，前言不搭后语、真真岂有此理的文；理发匠的剪刀籖籖，以单调的节奏，在千百人的头上兜圈子；开电车的每天依着一定的轨道，手摇脚踏，简直是一个活机器，银行里数钞票的整日价看那青蚨飞来飞去，并没有飞进自己的荷包。在外国，更有不少工人，一辈子只为某一种机器的某一部分的某一个针专做一个针孔。诸如此类，他们未必都觉得忙得有趣，只是为吃饭而忙。"成人不自在，自在不成人"，这也不过是忙人聊以自慰的话而已。

事业忙，对于爱情也大有影响。"无端嫁得金龟婿，辜负香衾事早期"，这是不满意那忙于做官的丈夫的话;"嫁得瞿塘贾,朝朝误妾期",这是不满意那忙于做买卖的丈夫的话。博多里煦在他的剧本《恋爱的妇人》里,描写一位实业家的太太,因为丈夫忙于经营实业,没有闲工夫和她亲热,她也就另恋别人。武大郎忙于卖烧饼,潘金莲才更容易到西门庆的手里,因为西门庆完全合于王婆所提出的五个条件,其中的一个条件就是"闲"。寄语世间的忙丈夫们,无论如何总该忙里偷闲,陪着太太多逛两次西山,多看几场电影!

一个人到三十五岁以后,非但事业忙,而且应酬也忙。也不一定是大富大贵,只要你有相当的地位,尤其是独当一面的事,就会有许多无谓的应酬。有些人就借这种无谓的应酬来摆阔,例如宴会迟到或早退,表示刚从另一宴会出来,或另有一个宴会在等候着他。听说有一种人根本就没有这许多宴会,不过因为要摆阔,在宴会吃个半饱就走,回到家里再陪着黄脸婆吃辣子和臭豆腐干。但是,真正应酬忙的人也实在不少;每天恨不得打两针吗啡来应付那些生张八和熟魏三!如果每一个人进门就是一声"无事不登三宝殿",倒也罢了;所苦的是他们的废话一大堆,说了半个钟头还不曾入题!捐款和谋事的人最会兜圈子。从天气说到国际局势,从国际局势说到物价,从物价说到某商店价值二十五万元的一件女大衣被一个乡下女人买去了,某地方有一个洋车夫被乘客抢得精光。说得起劲的时候,也没有注意到主人屡次看表,也没有注意到另有几起客人在外厅等着。其实多兜圈子也不见得多捐些钱或找着更好的事,何苦令主人忙上加忙?最滑稽的是既非捐款,又非谋事,经过半天的信口开河之后,主人忍不住了,问他的来意是什么,原来是久仰大名,特来"致敬"的!天哪!"致敬"何不来一个快邮代电,让主人一目十行之后就送进字纸篓里去?又何不遵照古礼,纳赘而后进门?总之,一个人得到了社会所知之后,似乎他的时间就应该被社会所糟蹋。这一种忙,忙得最苦,既不为食,又不为色,只为的是怕得罪人。我们家乡有一句俗话说:"三十又忧名不出,四十又忧名不收。"古人入山唯恐不深,就是"收名"之一道;如果你"自嗟名利客,扰扰在人间",随便怎样苦忙,也只算是自作受了。

【原载一九四三年九月十九日《生活导报》】

请　　客

　　中国人是最喜欢请客的一个民族。从抢付车费，抢会钞，以至于大宴客，没有一件事不足以表示中国是一个礼让之邦。我的钱就是你的钱，你的钱也就是我的钱，大家不分彼此；你可以吃我的，用我的，因为咱们是一家人。这种情形，西洋人觉得很奇怪，请恕我浅陋，我没有见过西洋人抢付过车费，或抢会过钞。我们在欧洲做学生的时代，因为穷，大家也主张"西化"，饭馆里吃饭，各自付各自的钱，相约不抢着会钞。西洋人宴客是有的，但是极不轻易有一次，最普通的只是来一个茶会，并不像中国人这样常常请朋友吃饭。这些事情，都显得中国人比西洋人更慷慨更会应酬。

　　其实，中国人这种应酬是利用人们喜欢占便宜的心理。不花钱可以白坐车，白吃饭，白看戏，等等，受惠的人应该是高兴的。一高兴，再高兴，三高兴，高兴的次数越多，被请的人对于请客的人就越有好印象。如果被请的人比我的地位高，他可以"有求必应",助我升官发财;如果被请的人比我的地位低,他也可以到处吹嘘,逢人说项,增加我的声誉,间接地于我有益。中国人向来主张"受人钱财,与人消灾"的,不花钱而可以白坐车,白吃饭,白看戏,也就等于受人钱财,若不与人消灾,就该为人造福。由此看来,请客乃是一种"小往大来"的政策,请客的钱不是白花的。知道了这一个道理,我们就明白为什么对于亲弟兄计较锱铢,甚至对于结发夫妻不肯"共产"的人,为请客而挥霍千金,毫无吝色;又明白为什么家无儋石,对泣牛衣的人偏有请客的闲钱。原来大多数人的请客不是目的,而是手段;不是慷慨,而是权谋!

  青蚨在荷包里飞出去是令人心痛的,而"小往大来"的远景却是诱惑人的,在这极端矛盾的心情之下,可就苦了那些一毛不拔的悭吝者。当在抢付车费,抢会钞,或抢买戏票的时候,为了面子关系,不好意思不"抢",为了荷包关系,却又不敢坚持要"抢",结果是得收手时且收手,面子顾全了,荷包仍旧不空。最糟糕的是遇着了同道的人,你一抢他就放松,结果虽是"求仁得仁",却变了哑子吃黄连,心里有说不出的苦。不过,悭吝的人也未尝不请客;有时候,他们请客的次数要比普通人更多,因为吝者必贪,贪者毕竟抵不住那"小往大来"的远景的诱惑。于是他们想拿最低的代价去博取最大的利益:每次请客吃饭,东西拣最便宜的吃,分量越少越好,最好是使客人容易饱,容易腻,而主人所费又不多。甚至连请几天,昨晚剩的菜今天还可以吃,虽然让客人吃别人的余唾颇为不恭,然而请客毕竟是请客,余唾吃了之后,仍旧不怕他不说一声"谢谢"。这是手段之中有手段,权谋之外有权谋!

话又说回来了,请客真的是一种好风气吗?真的能联络感情吗?我曾经亲耳听见抢会了钞的人背面骂那让步不坚持要抢的人,说他小气,说他卑鄙。我又曾经亲耳听见吃了人家的酒饭的人一出大门就批评主人:五溜鱼只有半边,清炖鸡只有半只,烟臭如荻,酒淡如水,厨子烹调无术,主人招待不周!可见中国既有了抢付钱的习俗,不抢付钱竟像是私德有亏,友谊有损;又有了滥请客的风尚,不请客的固然被认为不善交际,请客如果请得不痛快,那钱也只等于白花。勿谓郇厨既扰,即尽衔恩;须防金碗虽倾,终难饱德。老饕未餍,微禄半销!"小往大来"的请客哲学真是害人不浅!

被请的人有时候也很苦:明知受人钱财就得与人消灾,但是又没有拒绝的勇气,于是计划"还席"或"回客"。受了人家的好处,再奉还若干好处给人家，这样就算两相抵消，不再负报答的责任。其实这样设想是自寻烦恼。最干脆的办法是既不请人，也不怕被人请。如果有人抢着代我付车费或会钞，我就一声不响地，让我的青蚨"回龙"。如果有人请我吃大菜我就两肩承一口，去吃了就走，不耐烦道一声谢，更不理会什么是一饭之恩。假使人人如此，中国可以归真返璞，社会上可以少了许多虚伪的行为，而政府也不再需要提倡俭约和禁止宴会了。

【原载一九四三年十月三日《生活导报》】

穷

穷字的定义该是：对于生活的必需感觉到缺乏、不够。缺乏生活的所必需，可称为绝对的穷；至于感觉生活必需的不够，只能称为相对的穷。绝对的穷简直是与死为邻，相对的穷则不过仰屋咨嗟，书空咄咄而已。

世上所谓穷人，百分之九十以上是相对的穷。相对的穷是没有标准的：譬如甲乙二人的经济能力相等，甲自称为穷，而乙并不自称为穷。甚至同是一个人，他在一点钟以前摆阔，一点钟以后忽然装穷，可见穷与不穷，是和人们的环境或心情大有关系的。

一般人总以钱不够用为穷。这"够"字也就难说。吃炼奶的钱不够，改为吃豆浆也就够了；穿西装的钱不够，改为穿破旧蓝布大褂也就够了。会用钱的人就是从不够之中弄到它够，非但够，而且还显得不穷。生活的要素不外衣食住三门，如果你把每月的收入按这三门作一个"合理"的分配，自然显得穷了。倒不如让它偏重在一门，甚至在一门之中的一个小节目，这样，虽然在许多地方你的生活太不合理，你却能在某一个小节上享用超过了王侯。我一连三天在家里吃的是盐巴拌糙米饭，但是除了我那同守秘密的黄脸婆并没有人看见。那天全市运动会开幕，我穿了我那一套总共穿了九次的十三岁西装去参加还不算数，居然能从衣袋里掏出三支骆驼牌的香烟来，给老张一支，小陈一支，我自己抽一支。我把眼一瞟看见那某大工厂的总经理只抽的是海贼牌。我们这种以贫敌富的艺术，就是孟子所说的："方寸之木，可使高于岑楼。"穷人之所以能摆阔，也就是完全靠了这种经济集中主义。

  经济集中也有种种方式的不同。有损衣以足食的，可以叫作唯食主义；有损食以足衣的，可以叫作唯衣主义（唯住主义的人极少，可以撇开不谈。）大约男性多属于前者，女姓多属于后者。我见过一位留学的小姐，她非但不到饭馆里吃饭，而且一碗"炒酱"要做一个月的下饭珍品，省下她父亲寄给她的月钱百分之九十，为了要做一件新式的女大衣。有些男人却不如此。只要樽中酒不空，不管衣裳有多少破洞，许多贫家夫妇的反目，都是由于唯食主义和唯衣主义的冲突。不过，自从男权衰落，男人对于女人不能以力占，只能以媚取之后，他们也就退化到和禽兽一样，靠那些比雌牝更美丽的羽毛来博取女性的欢心,于是唯衣主义也就传染到男人的身上来了。

穷少年在恋爱时代,如果穷到相当程度,就连唯衣主义都谈不上,只好说是唯交主义。一切资源都集中在交际的用途上,每用一个钱,要在恋爱上发生一个钱的效力。他们的账目是不好公开的;吃饭占全部收入百分之二十,穿衣占百分之十或五或零,而和女朋友看电影、划船、旅行、上小馆子,费用却在百分之七十以上。如果说富家子弟浪费金钱来和女朋友交际是可笑,那么穷少年这样做就简直是可怜,因为他们牺牲了必需的营养来追求那未必能达到的目的。如果说失恋是一种悲哀,那么,这种穷少年失恋的悲哀该是双重的。

以上所说的都是相对的穷,大家都可以明白;假使这种穷人对于自己的财产作合理的分配,一定穷况大减。至于他们喜欢采用经济集中主义,以致在日常生活上享受不到他们所应该享受的,这是活该。

老实说,相对的穷不是真穷,绝对的穷才是真穷。口里天天嚷穷的人,有几个真的和穷鬼见过面?我虽一生不曾富裕过,直到现在还是嚷穷,但是,凭良心说,我也只是在十七岁至二十岁的时候,和穷鬼相处过三年。居乏蜗庐,空羡季伦之金谷；食无蠷李，将随梁武于台城。寒毛似戟，欲穿原宪之衣；蜷体如弓，犹失黔娄之被。日日送穷，人谁慰藉；朝朝避债，鬼亦揶揄。此中滋味，非过来人不能道其万一。我觉得穷人的一切已经被富人剥削得净尽了。只剩这一个"穷"字，应该为穷人所专利，有时候也被富人托庇或借光，世上不平之事无过于此。所以我主张穷人们组织一个穷人联合会，凡欲入会者必须先叙述穷况。经审查合格者方得为正式会员。此后凡无会员证者，不得冒充穷人。这样，现代的颜回可以荣膺穷人联合会的桂冠；像我这样的一个饿乡归客，也许还可以常常到那联合会的俱乐部里做一个来宾，啃两个窝窝头，听一出凤阳花鼓。

【原载一九四三年十月三十一日《生活导报》】

富

上次写了一篇《穷》，今天想要写一篇《富》。"穷"容易写而"富"难写；因为我曾经穷过去，却不曾富过来。曹雪芹如果不是大富人家的子弟，绝对描写不出荣宁两府和大观园。在地狱里做惯了囚徒的人，他所想象的天堂，至多只是刀山上铺上棉絮，可以安眠；油锅下拔去干柴，可以洗澡。穷人谈富，若不是坐井观天，就是隔靴搔痒。不过，《琐语》一切的话都是胡说，却也不妨观它一观，搔它一搔。

致富不难，不过首先得把你的性情彻底改造。你大约听见过，某一位富翁永远不肯划一根洋火给客人吸烟，他只用一支香来替代。你若说一根洋火能值几何，你有了这种见解而还希望致富，就难如登天了。点一支香给客人吸烟，这还只是太平时代的故事；现在是非常时期，富翁压根儿不让你吸烟。我有一次拜访一位几千万的财主，他口里叫"茶来"，十分钟后茶仍不来，我觉得心里难过，希望他不再叫"烟来"。我果然如愿，他终于不让"烟来"二字出口。等一会儿,他的小姐回来了,居然倒给我一杯茶;又等一会儿,阿弥陀佛,他的如夫人回来了,居然递给我一盒颇好的香烟。我忽然悟出一种哲学:只有如夫人才有"破悭"的神通!我又听说另一家财主,他招待客人的香烟都有记录,每人只许吸一支,且以一次为限。下次你介绍一个朋友去见他,就只有你那朋友有吸一支烟的权利,你本人休想染指。这些吸烟的故事只算是第一个例,聪明的读者自能由此类推,举出许多悭吝的故事来。莫里哀所描写的瞎扒干先生连一个 good morning 都只是"借给"的,不是"赠与"的。我们讥笑他们"一毛不拔",他们却自以为无毛可拔。在他们看来,世上最刺耳的字眼就是一个"富"字。承认了这一个字不啻画上了杀人的口供,连性命都保不住了。

你若猜想富翁享受的是物质生活,这就错了;他们过的只是精神生活。每天晚上抱着保险箱睡觉,心里念着:"这是我的,这是我的,这是我的。"于是恍惚地看见那保险箱幻成一个天堂,里面应有尽有,就觉得心满意足了。拿一文钱去换一样吃的东西,反足以令他的精神感受痛苦。如果他死的时候,他的财产分毫未动,他也就甘心瞑目;如果他把财产用了一半他才死去,他实在是死有余憾。他对于他的财产,可以说是有一种很纯洁的爱情：他的爱情是"给与"的，并不希望对方有任何酬报。如果说《红楼梦》里的贾宝玉是"意淫"，那么，守财奴对于物质的享受也可以说是"意享"。"意享"是神仙的高趣；不看见玉皇大帝也只享受人间的香火，并没有把三牲吃下去吗？

富翁也有讲究享受的，但是，天晓得他们是怎么个享受法！新盖的洋房当然是美哉轮焉，美哉奂焉，不过更有胜过洋人之处，就是在壁炉里堆积破布，在衣架上存储海味，又嫌晚间到盥洗间去不大方便，于是在屋角再添上一个马桶。有时候，你去拜访一个财主，从大门到中堂，其湫隘龌龊，真像贫窟，但是，你渐向里走，也就渐入佳境。饭厅里摆的是鱼肉鸡鸭，卧房里陈设的是沙发和钢丝床。家具之珍贵和丰富，简直令你目迷五色。主人似乎有意叫你迷上加迷，所以把家具摆成一个八阵图，你在揖让进退的当儿，一个不留神，就免不了栽跟斗！因此，我想提倡一种职业，叫作"富翁享受设计处"。每一个富翁如果要享受，只要交足他所愿享受的金额，就替他设计一切，包管比他自己设计的舒服得多。但是，我又怕这种"设计处"门可罗雀，因为我们所谓舒服并不一定是富翁们所谓舒服。听说有些暴发户虽然买了设备十全的洋房，却不高兴坐抽水马桶，而宁愿去蹲坑。汉高祖得了天下之后，太上皇在宫里住不惯，一味只想回到故乡丰邑去住。因为那边有吃狗肉的流氓朋友，有喝酒斗鸡赌钱的小铺子，弄得高祖没法子，只好在长安附近仿造一个丰邑，叫作新丰，又把他那些狗肉朋友搬了来，他才高兴住下了。我们的"富翁享受设计处"如果要营业兴隆，恐怕得先详细调查富翁的身世。但是，那种设计却又未必是我们所能胜任的了。总之，会享受的人往往不会发财，会发财的人往往不会享受，这是受了造物小儿的戏弄。人生就是这样的！

【原载一九四三年十二月五日《生活导报》】

著　名

　　小时候读《三国志演义》，书是木版的，卷首有画像和赞语。当时我和几个小朋友非但以画像的有无来判断人物的重要与否，而且以赞语的长短来决定我们崇拜的程度。我们所最崇拜的是诸葛亮和赵云，因为他们的赞语各有四十个字；最轻视的是曹操，因为他只有"固一世之雄也，而今安在哉"十一个字。现在回想起来，觉得非常幼稚可笑，但是，社会一般人对于"名流"的崇拜，似乎并不比上面所叙的可笑事实高明了许多。

　　所谓文坛登龙术之一，就是尽量使名字在报纸杂志上和读者见面的次数增加。"著名"者"着名"也：多在书报上"着名"，自然可以"著名"。古人之所以"名下无虚士"，因为名是靠口头传播的，诗文也是靠口头传诵或笔下传抄的，若非心悦诚服，谁高兴传诵或传抄呢？现在却不同了：印刷事业的发达，能使一个无名小卒在一年半载之内成为一员文坛健将；卖稿生活的艰苦更能使已著名的作家甘心拱手把地盘让给那些未著名的作家去"着名"。"涉猎"和"不求甚解"既成为中国人的美德，于是封面的"本期要目"及其作者的名字就变了著名的唯一阶梯。假设李阿毛的神通广大，他能使十种杂志的封面上总共登了七十二次他的名字，哪怕他在杂志里面写的是满纸"上大人，孔乙己，化三千，七十士"，他也将成为"名作家"。又假使张阿狗的神通广大，他能使十二种杂志的封面上总共登了一百次他的名字，哪怕他把"孔乙己"写成了"孔乙己"，"七十士"写成了"七十土"，他的名气将比李阿毛更高。古人把不好的文章刻成书籍，叫作"灾梨枣"，译成现代语该是"让铅字倒霉"，所不同者，是现代的铅字越倒霉，作家就越交运。杂志书报上"着名"的次数和"著名"的程度成正比例；劝青年作家不为率尔操觚的人，如果不是迂夫子，就是存心拦阻人家登龙门。

攀龙附凤也是著名之一术，现代不知多少人是附骥尾而名益彰的，大家心里明白，也用不着举例。但是，有一种秘诀比攀龙附凤更妙的，就是变相的冒牌——或者可称为"影射"。假使孙行者已经成了鼎鼎大名的第一流作家，将来报纸杂志上一定有"者行孙"和"行者孙"出现。这种办法是有其来源的；《子虚赋》和《上林赋》的作者不是因慕蔺相如之为人而自称为司马相如吗？将来我们如果发现著作家中有一位曾迅，或有一位郁味苦，也用不着大惊小怪了。

下里巴人和阳春白雪的譬喻，可以说自古已然，于今为烈。但是，下里巴人因为附和者众，很容易被社会认为阳春白雪；真正的阳春白雪虽不一定被认为下里巴人，而希望因此著名却是很难的——如果所谓著名指的是一般人多数知道他的姓名的话。

再说，不管是否下里巴人，著名总是好的。我在上海某大学读书的时候，看见某教授是著过一部书的，已经五体投地；直到他说《文史通义》的作者是章诚，我才觉得名人的学问也颇有问题。但是，在西洋镜没有拆穿以前，不知已经占了多少便宜去了。某一位朋友在妇女杂志上常写文章，居然在某一天晚上来了一个摩登的红拂，至于演讲的时候被挤破了讲堂，更是令人健羡的事。

不过话又说回来了。"文章千古事，得失寸心知"；虽然多写了几次"上大人，孔乙己"，换得了一个虚名，难道欺人之后还甘心自欺不成？欺人是一种手段，圣贤不得已而用之；自欺却是一种愚蠢的行为，没有什么用处的。

因此，当你成了一个"名作家"之后，应该自问,你是否只靠着"着名"的次数多了,所以你才著名。如果是的,你似乎不好意思在大庭广众之中,大拎其山鸡尾!

【原载一九四四年一月《生活导报》】

外　国　人

　　我第一次看见的外国人是两个贴香烟广告的。当时我在偏僻的小城市,虽没有像现在昆明的小孩跟着外国人到处跑,但是他们的眼睛、鼻子、身材和服装,的确引起了我的一种极端奇异的感觉。

　　我在上海读书的时候,开始感觉到外国人的威风。非但外国人,连外国人的义子、侄孙子、滴里搭拉的孙子,也都沾了光。非但会说洋泾浜英语的人很占便宜,连那些不懂"也是奴"的人们(当时还没有OK的说法),只要穿上一套蹩脚西装,就可以进那"华人与狗不准入内"的外国公园,又可以坐洋车不讲价,到了目的地之后,随意给两只"八开",车夫不敢哼一声。西装变了护身符,它是外国人的余威之所寄;至于真正的外国人,更不消说,是天上人了。

　　后来身在外国,成为外国人眼中的外国人,侥幸得很,我所在的那一国的人对华人非常客气,没有让我吃什么亏。因为和外国人的生活打成一片的缘故，我开始感觉到外国人的性情和行为并没有像眼睛鼻子那样，和我们差别得那么大。我开始感觉到，像中国最坏的坏人外国也有；我又发现，外国的月亮并不像有些留学生所说的，比中国的月亮更亮些。但我同时又承认，外国人比中国人更爱干净，更爱整齐，更守秩序，更爱惜时间。他们爱惜时间，甚至于嫖赌都不肯把它浪费。他们有十分钟的嫖，五分钟的赌，嫖赌之后还没有忘了去做那些有生活意义的事情。

我自问没有"排"过"外"，也没有"媚"过"外"。但是，这几十年来，我所看见的排外和媚外的事实可真多。排外的人把外国人当作鬼（广东话叫作"番鬼""红毛鬼"，上海话叫作"洋鬼子"）；媚外的人把外国人当作神。因为当作鬼，所以觉得外国人处处不近人情，有乖天理；因为当作神，却又觉得外国人全知全能，简直是庄子所谓"全人"。排外的时代大约是过去了；媚外的时代据说也过去了。但是由排外所产生的事实已经绝迹，义和团的符咒早已失传；而由媚外所产生的风俗习惯却正在盛行，于是高跟鞋替代了缠足，瞪眼耸肩替代了颠头摇腿，掷瓶剪彩替代了焚香燃灯拜"喜神方"。我们东方古国好比东施，正在极力模仿西施的一颦一笑。有一种人,他们能在言谈之间夹杂几个英文字,其得意忘形不减于老秀才的诌文;所不同者,老秀才诌国文是酸是腐,新青年诌英文是摩登是时髦。当你辩论某一种真理的时候,你用不着找寻许多论据,你只消说这是外国人说的;当你要为某一件中国人认为荡检逾闲的行为,加以辩护的时候,你也用不着陈述许多理由,你只消说外国人也这样做。这样一来,既不费唇舌,又最合潮流。有了领导演礼的人,虽三岁孩童也会舞八佾。迎头赶上去未免太吃力了,落伍又不甘心,唯有跟着走最为中庸之道。大哉,中国人的"跟着走"哲学!

平心而论,把外国人当作神,自然比当作鬼好得多。说外国人也有贪污,这是杀风景的话;最好是说外国人绝对没有贪污,然后我们这一班东施无所藉口。

即使有人确凿地指出,某租界或某外国海关的检查员也有受贿的事情,你也应该说这是中国人教坏了的,至少应该说这是犯了中国人的毛病。虽然你在外国亲眼看见做丈夫的毒打他的老婆,打耳光,踢屁股,你归国后也应该力守秘密,以免刚刚抬头的中国女权又遭无妄之灾。总之,我们应该把外国人"神化""全人化",一切美德都归于他们,然后,中国人才有真理可循，而"跟着走"的哲学才可以绝对没有流弊。从今以后，我将变成一个外国人崇拜者，但我所崇拜的不是普通的外国人，而是神化了的外国人。

【原载一九四四年二月二十日《生活导报》】

路有冻死骨

人死，是常事。一个人弄到饿死，冻死，或有病不得医药而死，却似乎并不是常事；至少，在合理的社会里，这不算是常事。若饿死，冻死，或有病不得医药而死，而又死在路上，更不是常事。又假使——我只敢说是假使——那样的人死在路上或广场上，许多没有人收埋，而又天天有这种事情发生，除非你早上出门好好地选择喜神方，否则你可能在一刻钟之内，半里路之间，连续地遇见了两三件"冻死骨"，这样，你总不免觉得"于我心有戚戚焉"，又不免觉得我们这不合理的社会在这年头儿要比平时更不合理十倍。

死，是可怜；那样死法，更是可怜。恻隐之心，"人"皆有之，如果我们说社会上某一部分人熟视无睹，这是不把他们当作"人"看待，也未免说得太刻薄些。但是，说也奇怪，最懂得可怜冻死骨或饿殍的人却是正在受冻挨饿或快要受冻挨饿的人。不过若你自命为仁人，抱着"己饥己溺"的襟怀，包你每夜有冤魂来托梦，也就变了庸人自扰；因此有些愤世之徒，在自己吃不饱穿不暖的时候，渐渐也学会了硬心肠，望着冻死骨冷笑一声。跨尸而过。理他呢！杀人犯既不是我，变相的杀人犯也不是我，负有收埋的责任的更不是我！

　　大家只知道大出殡养活了许多人，却不知冻死骨也能养活人。在那该死的人将死未死的当儿，自有洋车拉着他"串门"，接受赙仪；在他既死之后，又有饥饿的一群"移尸嫁祸"，因为搬走一件"冻死骨"比挑扁担更省力，更值钱。听说某一些机关每年开销的"搬尸费"不在少数。死人如果有知，实在应该向这些移尸嫁祸的人征收所得税！

　　报纸上常有寻狗的广告，一条狗的赏格在万元以上，可见人不如狗；四川有猪的保险，一只猪的保险费在万元以上，可见人不如猪。这年头，人命贱如泥沙，贱如粪土，贱如垃圾——我说什么来着？泥沙，粪土，垃圾，不是都比人命更贵吗？——再想想看……贱如尘埃，贱如清风明月，贱如文人的心血！

　　路有冻死骨的反面是朱门酒肉臭。用不着研究经济学，大家都能明白，朱门的酒肉越臭，路上的冻死骨越多。假使有法子限制朱门的酒肉的话，这绝对不是妒忌，也不是替冻死骨打抱不平，而是从这一条路上去"救死"。再者，即使这年头儿的人命贱如尘埃,也该尽可能地让他们"入土为安"。慈善家们——我只说慈善家们——应该不让他们做那暴尸七日的董卓。

【原载一九四四年三月五日《生活导报》】

领 薪 水

"薪水"本来是一种客气的话,意思是说,你所得的俸给或报酬太菲薄了,只够你买薪买水。其实战前的公务员和教育界人员,小的薪水可以养活全家,大的薪水可以积起来买小汽车和大洋房,岂只买薪买水而已?但是,在抗战了七年的今日,"薪水"二字真是名副其实了——如果说名实不符的话,那就是反了过来,名为薪水,实则不够买薪买水。三百元的正俸,不够每天买两担水;三千元的各种津贴,不够每天烧十斤炭或二十斤柴!开门七件事,还有六件没有着落!长此以往,我将提议把"薪水"改称为"茶水",因为茶叶可多可少,我们现在的俸钱还买得起。等到连茶叶都买不起的时候,我又将提议改称为"风水",因为除了喝开水之外,只好喝喝西北风!

我们嫌薪水太少吗?人家将告诉我们,没有薪水可领的人比我们更苦。比上不足,比下有余,我们应该乐天安命,待河之清。古人说:"望梅止渴,画饼充饥",这也不失为一种精神上的安慰。

每月都有许多要人指给我们看那远山的酸梅，每周都有许多报纸画给我们看那粉墙的大饼；那梅就是要人们的口惠，那饼就是报纸上的所谓改善公教人员待遇的新闻。我们也不能说"口惠而实不至"，实际上薪水一加就是几百元。我们说薪水赶不上物价，人家说赶不上总比赶过了好些：因为公教人员在全国人民里头只占少数，吃不饱饿不死，也就不至于害人；如果薪水赶过了物价，社会的游资增加，更足以刺激物价了。我们又说国家的邮票已涨了四十倍，我们的薪水何以只涨十倍？人家又将告诉我们：邮票不懂得牺牲，所以要涨二百倍；公教人员懂得牺牲，不该把自己的身份比一张邮票。我们教人家责以大义之后，只好甘心于我们那不够买薪买水的薪水了。

　　但是，我们每月拿到那不够买薪买水的薪水之后，是怎样过日子的呢？家无升斗，欲吃卯而未能；邻亦箪瓢，叹呼庚之何益！典尽春衣，非关独酌；瘦损腰带，不是相思！食肉敢云可鄙，其如尘甑愁人；乞墦岂曰堪羞，争奈儒冠误我！大约领得薪水的头十天，生活还可以将就过得去，其余二十天的苦况，连自己也不知怎样"挨"了过去的。"安得中山廿日酒，醉眠直到发薪时！"

　　薪水用完之后，天天盼望发薪的日期到来；"度日如年"，在今日的公教人员，并非过度的形容语。从前是差人去代领薪水,现在非但自己去,而且靠近月底就天天到出纳组去打听着。忽然噩耗传来,本月的薪水将不能准于月终发出,于是凄惶终日,咄咄书空。幸而机关主管人知道事关全体同人的性命,终于借了一笔款子来,大家吐了一口气,残喘仍能苟延。从前叶公超把发薪叫做"关饷",当时只是一句笑话;现在只有公教人员和士兵同病相怜,"关饷"二字是确当不易的了。

好容易把薪水领到手了,马上开家庭会议,讨论支配的方法。太太在三年前就想做一件冬天的大衣,那时衣价占月薪的一半,当然做不成;这三年来,大衣的价格百一变至于千,千一变至于万,等于月薪的双倍,当然更做不成。大小姐提议去看一次电影《忠勇之家》,她的妈妈反对,理由是饥寒之家没有看《忠勇之家》的资格。经过了一场剧烈的辩论,结果依照老办法,本月的薪水,除了付房租之外,全都拿去买柴米油盐酱醋茶,先度过十天再说。二少爷憋着一肚子气,暗暗发誓不再用功念书,因为像爸爸那样读书破万卷终成何用!小弟弟的脑筋比较简单,只恨不生于街头小贩之家。

是的,也难怪他恨不生于街头小贩之家。这七年来,多少原来领薪水的人转入了别的地方去分红利，又有多少人利用他们的职权，获得比薪水高出千万倍的"油水"，只有一部分的公教人员，在贞节牌坊的奖励之下，规规矩矩地按月去领那一份不够买薪买水的薪水！

【原载一九四四年三月二十六日《生活导报》】

闲

中国的诗人，自古是爱闲的。"静扫空房惟独坐""日高窗下枕书眠"，这是闲居；"相与缘江拾明月""晚山秋树独徘徊"，这是闲游；"大瓢贮月归春瓮""飞珧遥闻豆蔻香""林间扫石安棋局""短裁孤竹理云韶"，这是闲消遣。如果他们忙起来，他们也要忙里偷闲；他们是"有愧野人能自在"，所以他们忙极的时候也要"闲寻鸥鸟暂忘机"。

但是，中国的俗谚却说："成人不自在，自在不成人。"凡是愿意兴家立业的人都不肯"游手好闲"。表面看来，这和诗人们的思想是矛盾的。诗人们的思想似乎是出世的，是仙佛的一派；而社会上的老成人却是入世的，是圣贤的一派。圣贤可学，仙佛不可学，所以我们不应该爱闲，因为爱闲就是"好闲"，"好闲"就非"游手"不可，而"游手"就有没有饭吃的危险。其实，这只是一种很粗的看法。如果闲得其道，非特无损，而且有益。我们可以说，常人不可以"好闲"，而圣贤却可以"爱闲"。

先说,一国的元首就应该闲。垂拱而治,是中国人所认为至治的世界。身当天下的大任的人也应该闲,在军书旁午的时候,诸葛亮仍旧是纶巾羽扇,谢安仍旧是游墅围棋,这种闲情逸致才能养成他们那临事不惊的本领。爱闲和工作紧张是可以并行不悖的。唯有精神不紧张的人,工作紧张起来才有更大的效力;否则越忙越乱,越会把事情弄糟了的。

做地方官的人也应该有相当的闲暇,如果你不能闲,不是你毫无办事能力,就是你为刮地皮而忙。"日晚爱行深竹里,月明多上小楼头",白乐天并没有因为爱闲而减少了民众的好感;"岂惟见惯沙鸥熟,已觉来多钓石温",苏东坡并没有因为爱闲而妨害了邑宰的去思。王禹偁诗里说:"日长何计到黄昏,郡僻官闲昼掩门",现在却是郡越僻而官越忙,因为"天高皇帝远",正是刮地皮的好机会。天天嘴里嚷着:"忙呀!忙呀!"天晓得他是否为苞苴而忙,为掊克而忙,抑或是为逢迎上司,应酬土豪劣绅而忙!

至于文人,就更不能忙,更不应该忙。《三都赋》十稔而成,并不是天天忙着写那赋,而是闲着在那里等候,灵感来时才写上一段。忙起来根本就没有灵感!非但八叉手不是忙,连九回肠也不算是忙。当你聚精会神地去推敲一篇文章的时候,只像聚精会神地下一盘棋,是闲中取乐,不应该把它当作尘樊的束缚。如果你觉得是忙着做文章,那藐子之神会即刻离开了你。但是,不幸得很,那些卖文为活的文人却不能不忙着做文章;尤其是在"文价"的指数和物价的指数相差十余倍的今日,更不能不搜索枯肠,努力多写几个字。在战前,我有一个朋友卖文还债,结果是因忙致病,因病身亡。在这抗战期间,更有不少文人因为"挤"文章而呕尽心血,忙到牺牲了睡眠,以至于牺牲了性命。忙死了也得不到代价,因为越忙越是粗制滥造,写不出好文章。不信请看我这一篇,我虽不是卖文为活,然而它也是在百忙中"挤"出来的。

"穷""忙"二字是有连带关系的。抗战以来,谋生困难,多少原来清闲的人变了极忙的人!事情多了几倍,我们都变了负山的蚊子;白昼的差事加上了夜间的职务,我们又都变了"为谁辛苦"的蜜蜂。回想当年,真是不胜今昔之感!古人说,不是闲人不知闲中之乐;现在我说,昔闲今忙的人更能了解闲中之乐。譬如巨富变了赤贫,回想当年的繁华,更悼念乐园的丧失。当年是"溪头尽日看红叶",现在是"灶下终年做黑奴";当年是"一部清商一壶酒",现在是"一堆钞票一天粮"。当年我们尽有闲工夫读遍千部书,现在我们竟没有闲工夫吃完一碗饭!

本来,在这个大时代,我们有更大的希望在前头,自然应该牺牲了我们的闲暇。不过,悠游卒岁的人仍不在少数,这就形成了我们的不平。古人说"不患贫而患不均",现在我们说"不患忙而患不均"。如果有法子处理那些不劳而获的钱财,使人人自食其力,我相信许多人都用不着像现在这样忙。

【原载一九四四年四月九日《中央日报·星期增刊》】

虱

上次我谈"灯"的时候，我说我经过了三个时代的灯；这次谈"虱"，我也想要说我经过了三个时期的虱。前者以质言，譬如第一个时代是菜油灯，第二个时代是煤油灯，第三个时代是电灯。后者以量言，譬如在第一个时期内，我平均每月捉虱一个；在第二个时期内，我平均每五年捉虱一个，在第三个时期内，我平均每小时捉虱一个。

据说虱的多少，和环境大有关系。哪怕你自己住的房子怎样干净，如果街坊不干净，你也就只好一天到晚捉虱子。但是，这话未免有替自己辩护的嫌疑。倒不如索性承认房子的好坏为虱子的多少的决定因素，这几年我住不起好房子，所以虱子就渐渐多起来了。不过，依照这样说法，我得准备将来每一分钟捉一个虱子！

中国人向来不讳言虱，王猛被褐见桓温，扪虱谈当世之务，旁若无人。这一则可见自古虱子和穷人结不解缘，二则可见扪虱无伤大雅。现代的人有了现代的思想，自然不免憎恨虱。但是，当你每五年捉一个虱子的时期（或者说"地点"更恰当些），你捉了那虱之后，应该告诉一家人，甚至于告诉街坊，当作一件新闻；你应该加紧防治，如临大敌。倒反是在每小时捉一个虱子的时期，你却应该一声不响地把它扔在地上，切不可大惊小怪，否则别人会疑心你发疯。所谓适应环境，适应潮流，就是这个道理。

虱子可大别为三种（生物学家会说不止此数）：一、白虱；二、壁虱（臭虫）；三、跳蚤（猫虱）（作者自注：跳蚤不是虱类。我受方言的影响，把蚤和虱混为一谈了）。白虱最没出息，它吸了血就变为红色，连所吸的血的分量多少都被人看得出来；壁虱也很笨，被人发觉了之后就逃不了。它们的唯一本领就是躲藏起来，所谓"虱处裈中"。跳蚤却比它们多了一种本领，就是会逃。它吸血的时候人家不觉得疼，过了一会儿才疼，等到人家疼起来要捉它，它就一溜完事。那时它已经吃得半饱，可以等下一次有机会再来吃，或者不再吃也不要紧了。它跳到了地上，三跳两跳，已经无影无踪，徒劳人们的"通缉"。

人们对于虱子的态度也有三种，第一种人经不起一个虱子，一觉得痒就进卧房里关起门来，脱了衣裤大捉一阵，务必捉到了才肯甘心。在一般人的眼光中，这种人被认为庸人自扰。第二种人觉得有许多事比捉虱子更要紧，所以虽然觉得痒也不忙捉，等到虱子越长越多，越咬越凶，实在忍不住了，然后捉它一次。第三种人因为满身是虱子，也就变了麻木不仁；本来自己就很龌龊，不生虱子倒反不配，所以索性由它去。

如果读者容许我加上另一种对虱子的态度，我还可以谈一谈第四种人。这就是"恣虱饱腹主义者"。古代的孝子有恣蚊饱腹的，先赤着身子让蚊子吸血吸饱了，以为这样一来，蚊子就不会再去咬他的父亲。同理，这世界上似乎也有一种人并不愿意捉虱。他们不知道，哪怕它吃得多么饱，停一会儿它还可以再吃；他们以为与其让一个饿虱来，不如索性让一个吃饱了的虱子占住了这一个地盘。它自己吃饱了，再吃不下许多，有时它又可以拒绝别的虱子来吃（你们大约也看见过虱子打架罢）；这种人又喜欢在赤日当空的时候，坐在街头当众捉虱子，实际上是"打草惊蛇"，表面上却显得他们并非"容虱"或"养虱"。

尽管有人说外国也有臭虫，但是，我在外国住了五年，总共只捉着一个虱子。当然，一个虱子也是虱子，不能说是没有。但是，五年一个和一小时一个相比较，到底有相当的距离。而且，外国人对虱子的态度之严肃，却也超出了上述的四种人之外。当时我发现了一个虱子，马上去告诉旅馆的经理。他并没有看见虱子，却不曾疑心我说谎。他即刻叫我搬到另一个屋子里去；他马上用药水把那一个有虱子的屋子"消毒"。如果在中国，这样的一个房客一定被认为大惊小怪，这样的一个旅馆经理一定被认为庸人自扰。而且这种除恶务尽的行为，也有失中庸之道，不合于我们中国人的人生观。"于是"——我希望这"于是"两个字不至于使读者们伤心——虱子就永远成为我们中国的国粹。

【原载一九四四年五月二十一日《中央日报·增刊》】

卖 文 章

上次写了一篇"写文章",本来打算接着写一篇"卖文章",后来因事停了几期,今天才能执笔。题目是早已想定,只消随便说说就是了。有人的文章是写而不卖的,有人的文章是卖而不写的。这是两个极端。所谓写而不卖,可以有两种情形:或者是写了之后预备藏之名山,传之其人,不愿意发表;或者是虽愿意发表,却不愿要钱。所谓卖而不写就是抄。抄得高明些是东抄一段,西抄一段;抄得不高明的就只换上一个署名。抄的目的自然完全为了钱。写而不卖是最高尚的一流;卖而不写则是最卑鄙的一流。在这两个极端之间,就是写而且卖的一般文人。但是,这种人又可以分两种:第一种人是为写文章而写文章,写的时候并没有想要卖;不过,文章发表了之后,人家把稿费寄了来,也就乐得接受;第二种人是为卖文章而写文章,写下来的,人家看见是文章,自己看见是一张一张的钞票,这是所谓"卖文为活"。

从前似乎有人把文人分为三类：第一类是文士，第二类是文匠，第三类是文丐。写而不卖的文人，自然可称为文士；为文章而写文章的人，虽也卖钱，似乎也还当得起文士的名称；至于为卖文章而写文章的人，以卖文为职业，自然可称为文匠。不过，如果一味为钱，粗制滥造，就近似于文丐。再说到卖而不写，更是十足的文丐了。

"卖文为活"的"文匠"，听起来非常刺耳，但是，有不少青年靠着几文稿费来维持求学费用，却又比之纨袴子弟仰赖父兄更有意义些。马君武和王光祈，就是这一类青年的典型。大学教授们的文章，本该是写而不卖的，至少，他们该是为写文章而写文章。不料抗战了几年之后，竟有不少教授依靠卖文章来维持一部分的生活费用，大家知道这是谁的罪过。我们对于宁死不卖文的教授们自然该致其无上的钦仰；但是，对于那些半靠卖文为活的，似乎也不宜责之过苛。除了不够买薪买水的薪水之外，只有这种是干净钱。"士"也罢，"匠"也罢，至少不是贼，不是匪，不是刽子手。而且，我可以保证：他们即使不是"士"，至少也是"匠"——拿劳力换取金钱的人，决不至于流为"文丐"。

计字致酬是一个很不好的办法。司马相如的《长门赋》，如果按字计算，至多只能换两斗米，决不能值黄金百斤。自从计字致酬的办法传入了中国之后，就有些文丐故意把文章拉长，希望多得稿费，自然，这种人毕竟占少数；大多数的文人都不至于如此。但是，同是一个人，文章的优劣也有不同：有精心结构之作，有随意应酬之作，怎能依照字数来定文章的价格呢？虽说价格均相等不足以表示价值的相等，但是，这样毕竟引起了不公平的待遇，就是劳力不相等倒反弄成了报酬的相等。这种不公平恐怕永远没法子消除，文人们也不曾因此说过不平的话，因为卖文已经自惭，还能计较这些吗？

文人既然以计较报酬为可耻，就让出版家有更多的剥削的机会；这种情形，可以说古今中外都是一样的。不过，凭良心说，抗战以来，恐怕要算出版家的利润最微；如果没有几分"文气"的人，早已抛弃了出版业，去发国难财去了。要求提高稿费当然值得同情，但是似乎不必造成作家和出版家的对立。

我们的最高理想仍然是写而不卖。人虽是吃饭的，文章却该是辟谷的。《聊斋志异》里有人嘲笑文章有水角味儿，我们最好不要让文章有铜臭味儿。胡适之先生所主编的《独立评论》和钱端升先生所主编的《今日评论》都是不给稿费的，但是它们所载的文章却不失为第一流。至少，我们该做到卖而不求善价的地步。如果有良好的纸张和精美的印刷,我们可以贱卖;如果校对谨慎,我们可以贱卖;如果那刊物的作者群中没有我们所羞与为伍的人,同时它又拥有千万数识货的读者,我们可以将稿子双手奉送,甚至可以倒贴几文!没有这种义气的人就不至于穷到卖文章;穷到卖文章的人就必然有这种义气!

【原载一九四四年五月二十一日《生活导报》】

骂人和挨骂

骂有文骂和武骂两种：唇枪舌剑，勾心斗角，这是文骂。声色俱厉，吐沫横飞，这是武骂。文章里的骂，应该都是文骂了；然而不然，笔下有臭骂，毒骂，骂人家的一生以至于祖宗三代，依我看都应该归入武骂的一类。

骂人，快事也；做文章骂人，更是快中之快。骂人，人家可以即刻还嘴，甚至于飨以老拳；做文章骂人，至少可以痛快地骂，尽量地骂，当我"笔骂"的时候，被骂的人决不会来抢我的笔。文章发表之后，也许人家会回骂，那是他的事，因为他已经被我先骂，我已经占了上风了。

正像人们喜欢看打架一样，大家都喜欢看骂人的文章。无论是明骂，暗骂，骂团体，骂个人，只要骂得俏皮，骂得淋漓尽致，读者就会像大热天吃冰淇淋，有一种形容不出的快感。骂人的文章也特别容易显得好；假使你本来才高八斗，你写起骂人的文章来，就可以达到一石；即使你本来一窍不通，你如果常常练习你的"笔骂"，大约也能渐渐变成了心有七窍的比干。

老实说，这社会，这世界，有哪一件事不该骂的？可惜的是报章杂志尽多私人恩怨的骂，打落水狗的骂，而甚少大义凛然的骂，料虎头捋虎须的骂。——这两句话有失龙虫并雕斋的风格了，让我赶快拐弯儿，来谈谈挨骂。

据说挨骂的人是应该自豪的，因为谁也不愿意费心血，绞脑汁，写文章来骂一个无名小卒，或一个比自己地位低的人。因此，有人主张不必回骂：回骂就形成了双方的地位相等，使竖子成名，是中了他人之计。我虽也主张不回骂，却不赞成这种阿Q的解释。我只觉得在报章杂志上对骂太对不起读者，使读者感觉这社会里只有爪牙，没有扶持和抚慰。再者，与其和人家对骂，倒不如写一篇令人引起美感的文章，于己于人，皆为有益。因此，我这十年来是极力避免和人家打笔墨官司了。

有人说能挨骂是表示有度量。就历史上看来，这话似乎也有几分道理。但是，愿意挨骂的人往往免不了受些冤枉气；世上糊涂的人毕竟是比聪明的人多，你若纵容他们骂，他们就无缘无故地骂你一场。于此有人说，无缘无故地骂人的人终将为众人所不齿,而肚里好撑船的宰相将更为众人所尊崇!这两句话又有失龙虫并雕斋的风格,让我就此打住吧。

【原载一九四四年六月十一日《生活导报》】

疏　散

　　疏散，本来是为国家保全人力物力，避免无谓牺牲。但是一般人并不是这样想的，他们总以为疏散就是逃难。为了这一念之差，许多事情就跟着差下去。公务员擅离职守，也自称为疏散；机关学校相惊伯有，作孟母之三迁，也自称为疏散。至于一般平民，只要旅费充足，也喜欢轻信风声鹤唳，大翻其筋斗云。不是吗？凡有井水处都是可以发国难财的地方，何必留恋于一城一市？"天生我材必有用，千金散尽还复来"，又何必顾虑到盘缠的浩大？若问时间和精力的消耗，是否合于保全人力的原则；汽油酒精和金钱的消耗，是否合于保全物力的原则，他们不愿意理会这些！他们是"逃难"啊！趋吉避凶，人情之常。恶消息好像一个不祥的梦，详梦的人说出了一个死亡的预兆，做梦的人就应该如旧小说里所云："宁可信其有，不可信其无。"即使白白地多翻了几个筋斗云，也赚得了游览南瞻部洲和西牛贺洲的胜景。不过，这种人只配用"逃难"二字；若假借"疏散"之名，我总期期以为不可。

说到政府强迫疏散，自然又当别论。用不着你拍着胸膛自夸为一身都是胆：你的身体是国家的，国家不让你死，你就没有权利去死；你的财产是国家的，国家不让你视同粪土，你就得替她搬运到安全的地方。不过，由这一个道理推论下去，你如果是爱国的，应该更进一步，尽你的力量为国家多抢救出几个人，多搬运出几样有用的物资。天哪！"逃难"的要人们何尝存过这样的念头！如果他们坐的是轮船，难民们攀着船沿，要求搭载，那么，很可能会像旧小说里所叙述的，他们拔出刀来砍断民众的手指，弄成了"指满舟而血满河"。同理，如果他们坐的是火车，也将弄成了"指满车而血满路"。又如果他们坐的是飞机，他们是"要中之要"，次要的要人们切莫妄想攀龙附凤，否则他们会像"八卦炉中逃大圣"，把你这老君推一个跟头，然后进行他那一万八千里的旅程。至于宁愿在火车轮船上多载几个哈吧狗和几个马桶，少装公家的东西，那更是人情之常。他们是"逃难"啊！

一方面，疏散的人自以为是逃难，另一方面，也就有人来乘人之危。这次桂林疏散，听说火车票黑市每张五六万元，飞机票二十余万元，金城江白饭一碗值千元。这种事实，如果有人告发，似乎应该判一个比无期徒刑更严厉些的罪。我本来想说乘人之危也是人情之常，后来想想美国人对于欧洲难民的救助和收容，他们的同情心难道是"反常"不成？但是，逆耳的话总是不受欢迎的，我得替我们的民族辩护两句。这次乘人之危的人至多不过几千个人，不到全民十万分之一二，可见具有人类同情心和爱国心的同胞仍占绝大多数。我的一位朋友以为我这种说法乃是一种不通的逻辑。不通就让它不通吧：与其通而犯忌讳，不如不通而受讳疾忌医的人们的欢迎。

【原载一九四四年七月十六日《中央日报·增刊》】

题　　壁

　　题壁不知始于何时。相传司马相如过升仙桥，题柱曰："不乘高车驷马，不过此桥"，可见汉朝的人就有了弄脏公共场所的习惯。又唐朝韦肇（或云张莒）初及第，偶于慈恩寺塔题名，后进慕效之，遂成故事。这故事就是后世所谓"雁塔题名"。司马相如和韦肇有一个共同点，就是羡慕富贵：一个是未富贵而先夸口，一个是初富贵而便忘形。说得好听些，这是雅人深致，若从坏里说，这简直是无聊，令人作三日呕。

　　题壁也许纯然为的是留一个纪念吧。"某年月日某人到此一游"，这简单的几个字未必就是想出风头。但是，为什么不写在你的日记册上呢？假如你有一个照相机，还可以把胜地拍一个照，然后记上你来游的年月日，何苦弄脏了公共场所？你这是为人呢，还是为己？若说是为人，人家根本不认识你这无名小卒，非但不能流芳千古，而且不足以遗臭万年；若说是为己，你何时重游还在不可知之数，甚至老死永不重游，你留几个文字又有什么用处？关于这个，往浅里说，你是像小学生用粉笔乱画墙壁，显得你没有好好地受过教育；往深里说，你是因为喜欢这个风景，恨不得据为己有，公家的地方是不出卖的，就是卖地你也买不起，你怀着阿Q的念头把公家的地方加上了你私人的记号。至于人家是否因此感觉得"杀风景"，你可管不着。这完全象征出咱们中国人的一种有我无人的心理。

有些人不甘心于只题一个名，他们还要题诗。这自然更雅一等。"寻觅诗章在，思量岁月惊"，这是多么耐人寻味的风趣啊！可惜的是他们的诗多数是颇欠推敲，或者说是只敲而不推，因为他们吟诗有如擂鼓，"不通""不通"又"不通"！胜地何辜，受此污辱！他们太不自量了。他们并没有因为"李白题诗在上头"而搁笔，倒反是人人自比李杜，人人都要题诗在上头！未辩四声，遑论八病？既打油而有愧，亦赐果之弗如！只合矜夸荆室，床上吟诗；何须唐突山灵，墙头放屁！那些不喜欢文学的人，熟视无睹，倒也罢了，最苦的是那些对文学有兴趣的人，看见了字闭不了眼睛，总不免一看，看了之后，把水色山光所引起的满怀乐趣都糟蹋了。寄语现代的司马相如们和韦肇们，做做好事吧，莫再佛头着粪吧！

当然，其间偶然也有达官名士，不爱惜他们

的墨宝，来给山水增光，甚至于不惜重金，特雇巧匠，摩崖刻石，做得非常精雅。这似乎是无可批评的了。名山佳作，相得益彰；有时候，竟使我们不知道是人以山传呢，还是山以人传。这样，我们感谢大手笔之不暇，还有什么可说的呢？但是，我总觉得题壁是中国文人的恶习。名人题壁，后人看见了也许发生仰慕之忱；然而在他本人却是未免自诩多才，令人有搔首弄姿之感。"有麝自然香，何必当风立？"达官名士们在别的地方风头已经出够了，何必雁塔题名，才算是自鸣得意呢？再说，在立功立言之后，将来世家有纪，儒林有传，而金匮石室，又复永宝鸿文，自有人家捧场，更不必沾沾于炫露了。西施若不捧心，东施虽欲效颦亦苦无从效起。寄语达官名士们，你们如果不喜欢名山宝刹被尺二秀才乱涂乱画，你们就应该以身作则。

  此外我还有一个建议，凡属公共游览的场所，一律严禁题壁。如有典型才子未能免俗，一定要出风头，必须将佳作先付审查，缴纳重税，然后规定式样，指定地点，特许摩刻。说不定还有名门闺秀，像旧小说中所说的，在壁上题诗唱和，因而恋爱结婚。这样，多捐两个钱给公家，也是值得的。

【原载一九四四年八月六日《中央日报·增刊》】

手　杖

　　自从有了人类，应该就有了手杖。我们想象盘古氏老了，一定也非杖不行。甚至神仙老了也离不了手杖，不信请看书上画的南极仙翁，不是也倚着鸠杖吗？依照希腊神话，厄狄帕斯在路上遇见了人首狮身的史芬克斯，史芬克斯给他猜一个谜子，如果猜不着就要吃了他。那谜子是："有一种动物，早上用四只脚走路，中午用两只脚走路，晚上用三只脚走路，这动物是什么？"厄狄帕斯猜着是人的幼年壮年和老年，史芬克斯真的投海而死。由此看来，手杖乃是老年人不可须臾离的第三只脚。

　　手杖本是老年人的东西，所以《礼记·王制》上说："五十杖于家，六十杖于乡，七十杖于国，八十杖于朝。"从《王制》上看，拿手杖是颇欠礼貌的事情，所以不满六十岁的人，只能在家里拿手杖。直至六十以后，才可以倚老卖老，招摇过市。现在文明时代可不同了，若不是二十杖于家，至少是三十杖于街。手杖的功夫也大不相同，并非用它来帮助脚力，而是用它来表现神气。这和不近视的人戴眼镜，不吸烟的人衔雪茄，用意是差不多的。洋式的手杖刚传到上海的时候，上海人有三句口号："眼上克罗克，嘴里茄力克，手里司的克！"有了这三克，俨然外国绅士，大可以高视阔步了。

三十杖于街的人，就姿势而论，还可分为三种。第一种人昂头挺胸，手杖离地三寸，如张翼德和他的丈八蛇矛；第二种人身轻如燕，手杖左右摆动，如孙悟空和他的金箍棒；第三种人壮年龙钟，手杖拄地而行，如佘太君辞朝。第一种人最神气，真可使得"长坂桥边水逆流"；第二种人则未免令人有轻佻之感；至于第三种人，在只该用两只脚走路的年龄就用了第三只脚，非但毫无神气之可言，而且显得未老先衰，丑态可掬了。

我近来丢了一根十五年相依为命的手杖，虽然未免伤心，却也颇能强词以自慰。因为我年逾四十，张翼德的神气是够不上了（或者始终不曾有过），而又不甘心学那孙悟空弄棒和佘太君辞朝。索性凭着两条腿走路，倒也优游自在。至于山村防狗，荒野防蛇，不妨就随便拿一根棍子，既合实用，又避免了摆架子的嫌疑。等到二三十年后，变了恃杖而行的触詟，然后选良木，刻龙头，制造第三只脚，还不算太晚呢。

【原载一九四四年八月二十七日《中央日报·增刊》】

西　　餐

"中学为体，西学为用"，这两句话至少可以再适用五十年。单就我们的西餐来说，也不愧为中国本位文化的西餐。

刀叉是西式的，盘子是西式的，菜的顺序是西式的，甚至菜单也用了西文，有哪一点儿不像西餐呢？若说穿长衫的人不配吃西餐，那是人不像西人，并不是餐不像西餐。人不像西人是没方法改造的；即使都穿上了西服，仍旧装不上罗马式的鼻子和碧蓝的眼睛。餐不像西餐却应该是有法子改正的，正像飞机大炮一般，全盘接受过来就是了。那么，为什么弄到不像呢？这因为多数人以为已经十分像了，想不到还有需要改正的地方；少数人虽知道不像，也不敢提倡改正。因为改正就不合国情，就不是中国本位文化了啊！

中国本位文化的西餐之所以不像西餐，首先就是菜味儿不像。本来，中国文化也提倡吃新鲜的东西，所以孔夫子是"鱼馁而肉败不食"。但是，因为中国人吃苦吃了几千年，连臭东西也学惯了吃了。记得在北平的时候，一位朋友请吃西餐，每客大洋八毛。吃了杂样小吃之后，鱼上来了。我觉得那鱼有几分"馁"味，于是遵照圣道，"不食"。起初希望有人向餐馆提出抗议，然而我冷眼观察二十几位客人当中，不食者仅二人，连我包括在内。少数服从多数，说话就变了疯子。从前听说舌的感觉特别能辨别腐臭的人一定短寿，更不敢说什么了。

真正西餐里的臭东西，我们的西餐馆里倒反没有，那就是奶酪。中国的西餐席上，菜吃完了就来点心咖啡和水果，很少看见来"奇士"（cheese 芝士）。西人面条里加"奇士"；我们的西餐馆里如果这样办，包管你明天没有顾客上门，门可罗雀！

真正的西餐里，猪鸡鸭鸽之类是熟的；至于牛羊之类，除了红烧之外，多数是半生不熟的。英国的"北夫司提克"（beefsteak），法国的"莎多不利阳"（chateaubriand），都是黑表红里。顾客们还常常吩咐要吃"带血的"。我们起初不敢吃，后来勉强吃，后来渐渐爱吃，末了，居然也向侍者要起"带血的"来了。茹毛饮血是野蛮；不茹毛而饮血是半野蛮。二千年前，西人还不懂得烹饪；而我们中国早就列鼎而食。这一点，我们自然不该学人家。对啊，对啊！……然而这样一来，却又不像西餐了。

　　"西点"和面包也是西餐里的东西。西点的主要成分是奶油。在战前，已经有许多西点店为了减轻成本，不肯用奶油。譬如在北平，讲究吃西点的，只能向法国面包房去买。在抗战了八年的今日，所谓西点，干瘪瘪的，连中国点心的油量都赶不上，还能希望有奶油吗？至于面包，本来做法就赶不上人家，还在西点店里摆了三五天，像粉了，才吃！洋派头是有了，洋味儿在哪里呢？

　　在中国，很难有机会吃到一顿名副其实的西餐。七七事变后，逃难经过青岛，那里的西餐才算是西餐，每客一元二毛。连吃了三顿。假使不是赶火车到济南，还要吃第四顿。但是，那种西餐馆搬到内地来一定不受欢迎，因为缺乏中国本位文化的缘故。

　　虽然没有人说不穿西服的人不配吃西餐，却偶然听见有人说不懂"西席"的规矩的人不配吃西餐。这也叫我们的"名士派"的同胞们听了不服气。假使有人喜欢在"西席"上豁拳，似乎也无伤大雅，何况稍微有些刀叉的声音？至于西俗不许用刀切鱼，也许是一种迷信，更可以不去管它。不过，如果把切鱼的人数和不切鱼的人数相比较，也许可以证明中国本位文化的人确比全盘西化的人多了许多。这是很好的现象……然而这样一来，却又不像吃西餐了。

中国人何必吃西餐？这和中国人何必穿西服，何必称"密司"，何必说"厄死球是迷"（excuse me），何必喊"哈罗"，一样地难以答复。但是，其中有一个经济上的原因，就是西餐请客可以省钱，西餐无论怎样贵，总赶不上燕翅参鲍的酒席。而我们若替洋派找口实，却应该说比燕翅参鲍的酒席更为神气，更为时髦。况且西餐有一客算一客，不像中餐那样。假使被请的客人有三五个不到，西餐可省下三五客的消费，中餐却没有这样便利。这个秘密公开了，不必替西餐馆子登义务广告。但是，凡是希望有口福的人，仍旧应该赞成中国人吃中餐。

【原载一九四四年九月二十四日《中央日报·增刊》】

拍　　照

　　拍照是人生乐事之一。假使你有一架照相机，你可以把世界上的名山大川，奇禽异兽，永留眼底；你可以把海内孤本，古碑残碣，买不到、搬不走的无价之宝，"摄"回家中；你可以把你的爱人的梳头掠鬓，刺绣结绒，倚栏赏花，凭琴度曲，乃至一颦一笑，拍成一种光学起居注。艺术精妙的，还可以把它放大，点缀房栊，令人钦仰摄影界的吴道子和李思训。感谢尼厄浦斯（Niepce）的发明，近代人又比古人多一种玩艺儿。

　　如果你没有照相机，你还可以光顾照相馆，留个纪念什么的。新娘的头纱，大学毕业生的学士帽，体育健将的锦标……一一都摄上了镜头。据说有两位大学教授得了教育部的三等奖状，也像捧圣旨般地捧着它们，合摄八寸相片一帧。未能免俗，聊复尔尔！是现代人就该每年拍几个照，至少，将来出殡时可以替代灵牌。假使人类没有虚荣心，照相师傅就只好喝西北风，因为他们不能交叉着双手等候验尸场的生意呵！

拍照本是近于美术；美人拍照，更是美中之美。可惜的是：世界上美人并不多，相片上的美人尤其少。《左传》里有一句赞赏美人的话，说是"美而艳"，一般所谓漂亮的女人，往往只是艳，不是美。艳是由于风度的动人，衣饰的考究；美是由于五官的端正，身段的调匀。在照相上头，显美易，显艳难。所以上照的美人是真美，不上照的美人是艳而不美。照相师傅为了补救这种缺点，就教女士们取巧，做出一种动人的姿势。算了吧！本来死美不如活艳，一张相片决不能伐毛洗髓，变嬺为妍，倒不如留个庐山真面目。况且倾倒众生，自有他术，何必受照相师傅的摆布呢！

拍照是乐事，受人摆布却是苦事，拍照是美的，受人摆布却是丑的。譬如夫妇合照，最好是水晶帘下看梳头，否则拜倒石榴裙下，甚至女的空手前头走，男的拿了大小十几件的东西在后面跟着，都是美的。如果听从照相师傅的吩咐，或女坐男立，像善财童子侍观音；或男女并肩，像一对泥菩萨，却是丑。

拍照是乐事，拍照而如临大敌却是苦事。乐，也就美；苦，也就丑。邱吉尔衔着雪茄下飞机，是美的镜头；中国的大官上任，垂拱端坐于僚属当中，是丑的镜头。记得某届清华大学行毕业典礼，顾一樵叫人偷拍了一个电影，后来映给我们看，真美！假使当时一个个带着四方帽子，恭恭敬敬地，拿着文凭站成几排，听候照相师傅叫一声"当心"，那就一定是丑态可掬了。从前我在法国加莱海滨避暑，正在和几个朋友散步的当儿，忽然一个法国人递给我们一张纸片，扬长而去。我们展开那张纸片一看，上面写着："你们已经被摄入连环照片了，如果你们要，明天请到某街某巷来取。"这虽是一种妙想天开的生意经，却也不失为雅人雅事。

拍照是乐事，然而在这吃不饱，穿不暖，而照相的物价指数又高踞第一位的时代，我们还不免要拍几张"党相"，却又变了一件苦事。希望不久的将来，中国的军队重入南京中山门，中外记者争先拍摄那凯旋的行列，用照相版印入画报，那才是普天同庆，成为全国的一件大乐事呢。

【原载一九四四年九月二十四日《自由论坛·星期增刊》】

失　　眠

　　中国人自古贪睡。虽然宰予昼寝，被孔子骂作朽木粪墙；勾践卧薪，苏秦刺股，孙敬悬头，也都故意弄得睡不安稳；但这都只是装腔作势。实际上，中国人的天性是贪睡的。诸葛亮隆中高卧，陶潜北窗高卧，都被称为山中高士，和月下美人一样地备受诗人的赞扬。陈抟老祖一睡百余日，尤为集睡眠之大成；普通人所谓睡到日上三竿，比之陈抟老祖，真只可算是小巫见大巫罢了。

　　在贪睡的民族看来，失眠该是多么痛苦的一件事！然而我们有时候竟没有法子防止失眠。我曾向外国人学得数羊儿的妙诀。但是羊儿越数越多，竟像曹操的八十三万人马，数到天亮也数不完，于是终于失眠了。失眠之后往往食不下咽，弄到眠食俱废。这样渐渐糟蹋了身子，其苦可知！

　　为什么失眠？若说是忧国忧民，虽然冠冕堂皇，毕竟和事实距离太远。况且不在其位，不谋其政，我们也不应该这样不安分守己。那么，我们为什么失眠呢？

青年时代，失眠的主因恐怕离不了恋爱问题。"求之不得，寤寐思服；悠哉悠哉，辗转反侧。"曾受周公教化的君子也曾经这样坦白地告诉过我们。岂特君子？恐怕连那窈窕淑女也不免辗转反侧。不过诗人忠厚，不肯明白说出来罢了。林黛玉在绝粒以前，常常失眠，其主要原因正如《红楼梦》八十二回里所说："当此黄昏人静，千愁万绪，堆上心来""心内一上一下，辗转缠绵，竟像辘轳一般""翻来覆去，哪里睡得着？"她的咳嗽只是失眠所引起的，因为"自己挣扎着爬起来，围着被坐了一会儿，觉得窗缝里透进一缕凉风来，吹得寒毛直竖"。可见得她是因为失眠而后咳嗽，并不是因为咳嗽而后失眠啊。

壮年时代，失眠的原因就复杂了。商人白天持筹握算，晚上脑子里全是商品和数字，往往睡不着。机关主管人为了经费的统筹，人事的处理，一时想不通，也往往睡不着。"齐人"因为妻妾争风，"黔娄"因为柴米无着，告贷无门，也往往睡不着。壮年人比青年人更易失眠，老年人比壮年人尤其容易失眠。"亢阳"的次数越多，人越易老。波特莱尔诗云："贫人颠沛由来久，常存怨气冲牛斗。上帝内疚慰之以睡眠，人类更添赤日之子其名酒。"睡眠本是上帝的恩惠，应该含生之伦皆能蒙恩，岂料世上竟有不少的人还不能享受这最低限度的幸福！

　　我们文人还有一种失眠的原因，就是床上想文章，打腹稿。欧阳永叔尝言诗文多得于"三上"，就是马上、床上和厕上。马上和厕上都没有问题，床上却苦了一双睡眼。我们"唯将终夜常开眼"，却不是"报答平生未展眉"，而是"愿学阴何苦用心"。抽思乙乙，思绪越引越长，偶遇梦丝，既理还乱！呕尽心肝之后，阴何还没学像，腹稿还没打完，已经是晨鸡三唱了！这种失眠，真是何苦！然而文人之可笑在此，文人之可爱亦在此。

　　前面我们首先撇开忧国忧民的失眠，是因为这种人太少了；我们这班自了汉，不敢盗窃这种无上的光荣，但是，太少并不就是没有。当国的人夙兴夜寐，自不必提。此外还有那些爱国志士们，身在田园，心存廊庙。凛匹夫之有责，痛胡骑之横侵。更筹细数，默招贾傅之魂；烛跋轻吹，幽诉彭咸之鬼。九度肠回，叹神京之日远，一宵发白，忧汉社之将墟。心病还将心药医，这种失眠症，恐怕要等到兵渡鸭头，甲齐熊耳的时候，方才医治得好的了。

　　【原载一九四四年十月十五日《中央日报·增刊》】

小 气

吝啬的人，我们说他小气；妒忌的人，我们也说他小气。小气，自然不够伟大；即使不是十足的小人，至少该说是具体而微的小人。但是，如果小气的人就算是小人之一种，则小人满天下，而足称为君子者实在太少了。

有人说，女子比男人小气，所以有些捐款的人专捐老爷，碰见太太在场就不敢开口。又有人说，女子比男人大量，所以有不少的人专向要人的太太求官，并不直接向要人求官。这话如果一概而论，自然是对女同胞们一种侮辱。试看有多少慈善事业是由太太们主持的；又试看有多少贤妻良母匡救了丈夫或儿子的官声。因此，说小气是人类普遍的弱点则可，说它是女性的弱点则不可。

人之初，性本恶；很少小孩子肯把心爱的玩具送给别的孩子。我看见过小姊妹各栽一盆花，妹妹的花欣欣向荣，姐姐的花日就憔悴，结果是姐姐偷偷地把妹妹的花拔了。我们别以为这种心理只限于童心；多少达官贵人们不肯把他们的"玩具"让给别人；多少名流学者们存心把别人的"盆花"拔了！

　　一个人舍不得钱，叫作小气。本来嘛！钱是我辛辛苦苦挣来的，捐借固然不能轻易答应，就是送礼请客，又岂能毫无盘算，使它等于"白花"的冤枉钱？积极方面，应该是能积谷时先积谷；消极方面，应该是得揩油处且揩油。气越小，肚皮越大；量越大，肚皮越瘪。一毛不拔自有一毛不拔的哲学。今日拔一毛，明日拔一毛，名声传开了，四万万五千万同胞每人都希望来拔一根，这还得了吗？兴旺的时节不知道爱惜"羽毛"，等到衰败的时节再去"向田鸡借毛"，那就悔之晚矣！从前有一位朋友向某富翁告借两毛钱，某富翁追究它的用途，那位朋友因此大生其气。其实，你既仰人鼻息，人家自然有权利先"核"后"发"，你因此而生人家的气，倒反是小气，是大大的不应该。

　　妒忌，也被叫作小气。这自然和吝啬的小气不是一样的东西，但是，其中有一点是相同的，就是人类的占有欲。男女之间的吃醋，尽管说得怎样堂皇，其实不免视所爱的人为禁脔。据说妒忌并不是爱情的最高峰；依这说法，爱河里的善男信女们，有千分之九百九十九只能爬到半山上。

暗瞟一眼，足令大闹三天；若更"目成"，尤其够造成仳离的条件。如果说金钱的悭吝者是一毛不拔，那么爱情的悭吝者却是一瞥不饶。情啊情啊，原来等于两文臭铜！情圣们，请勿滞留在这半山上！

除了爱情上的妒忌之外，还有政治上的妒忌，学问上的妒忌，等等。关于政治和学问，人类并不比一毛不拔或一瞥不饶更高尚些。这政治舞台或学术坛坫应该是我的：如果我高高在上，你们休想上来；如果你高高在上，我们必须打倒。举国自夸上驷，无人甘拜下风。譬如爬山，下面的人并不想多多努力，赶过了你，却只想设法把你绊一跤。这自然也是小气啊！但是，小气又何妨，自取大名垂宇宙；大方终无益，谁怜小子在泥涂！

【原载一九四四年十月二十二日《中央日报·增刊》】

清洁和市容

因为没有学过市政,我不很懂得什么叫作市容。如果依照望文生义的老办法,我们可以拿市容去比"妇容"。衣服丽都,妆饰耀目,就像柏油路、街灯,和整齐而堂皇的房屋之类;然而恰像盥洗是妆饰的初步一样,清洁也应该是市容的初步。对于妇容,盥洗是最省钱的;对于市容,清洁也是最省钱的。

说起来真太简单了。如果把"各人自扫门前雪"的精神,扩充到各人自管门前的清洁,市容也就有了个样子。荷属东印度的人民并不怎样富有,他们真是竹篱茅舍自甘心;甚至华侨中所谓财主也住的是草房子。但是,那是多么干净的草房子啊!它们几乎到了一尘不染的地步。偶然门口有一小堆垃圾,马上会有警士来递给你一张罚款单。非但城里人如此,连乡下人也都如此。他们的"探岗"(村子)原是草盖的竹棚或木棚,看去很黑,很旧,像是很脏;但是,当你走上棚去细看的时候,你会觉得黑和旧是真相,脏却只是幻相。我们平常都说穷人谈不上干净，马来人不比我们有钱哪；但是，在荷兰人统治之下，他们不能不清洁了。

到过上海的人，都发觉租界的清洁和华界的龌龊。有人告诉初到上海的人说，你每到了一个地方，只见街上突然改了一副秽容，你就可以断定那是华界了。华界的人未必比租界的人更穷啊。但是，在英法人的管理之下，租界的华人也不能不干净了。

因此，有人发出极荒谬的论调，说是除非中国变了殖民地，否则谈不上清洁。假使这话是真的，那么，清洁了又有什么用处呢？四年前我在河内，对于它的市容颇为羡慕，越南人也承认，在法国人没有来"保护"以前并没有这样好的市容，然而他们却宁愿龌龊，宁愿杂乱倾颓，不愿因受人"保护"而堂皇清洁。这道理是很明白的：我们宁愿保存一个活着的臭皮囊，而不愿意变为香料所殓的木乃伊。殖民地虽然干净，无论如何是不及龌龊的自由国土的。不过，我们还要再问一句，是不是必须变了殖民地然后可以清洁呢？

不，不，一千个不！我们是神明的子孙，我们会自治！今天我虽把一只死老鼠扔在街心，你别把一切的罪过都归在我的身上。全市三十万人口，如果别人都能干净，我一个人能把全市弄脏了不成？一年三百六十五日，只有一天是我把老鼠扔在街心的日子，其余三百六十四日的清洁又将是谁破坏的呢？——我们不是也有几条大街是干净的吗？听说意大利全国也脏得很，他们也不过把那些当眼的地方弄干净就算了。我们又何必自认不干净呢？

不，不，一千个不！我们已经进步得多了，十年前，比现在还脏十倍呢！什么事情总得慢慢的来，这是所谓"欲速则不达"呀！再过十年，你再看，又该干净多少？

【原载一九四四年十一月十二日《中央日报·增刊》】

老

　　什么是老？这要看人的寿命而定。假使一般人都能像彭祖寿到八百岁，那么，四百岁也不该称老。唐以五十五为老，可见中国越来越不长寿了。幸亏近年来大家讲究卫生，提倡体育，将来即使寿不到八百，至少，二三百岁是有希望的。现代人反对复古，我想这种复古谈是不被反对的罢。

　　我三十九岁在越南，被一个越南人称为"老"，至今还在生气。现在仔细一想，也许他们真的老人太少了，所以才把四十岁以上认为老的等级。我们中国人的观念也差不了多少，所以能活上五十岁就可以称为"享寿"，五十岁以上的人自己也喜欢退休，甘心享受子孙们的豢养。

　　一个人为什么觉得自己老了？这有生理上的原因，同时也有心理上的原因。韩愈祭十二郎文里说："吾年未四十，而视茫茫，而发苍苍，而齿牙动摇。"这种未老先衰的人，怎能不觉得老境已经到达了呢？但是，除此之外，还有一个最大的原因，就是早婚。中国人三十岁就可能有孙子，五十岁便可能有曾孙。等到儿孙满膝的时候，哪怕你头上没有一根白发，身体强壮得像一条牛，你总得承认你是老了！世上没有不老的祖父和祖母，更没有不老的曾祖父和曾祖母啊！即使你是一个独身主义者，你仍旧可以看见你的弟弟妹妹生孙子，甚至看见你的侄儿侄女儿生孙子，而你还是一个未满五十岁的"中年人"（依照西洋的说法）。祖父既不能不认老，祖父的哥哥更不能不认老；外公既不能不认老，外公的姊姊更不能不认老啊！

　　我的一位朋友有一首三十自寿诗，其中有一句说："勉磨圭角入中年。"中年就该磨去圭角，老年岂不该像一只皮球？事实上，中国的"皮球人"很多，至于到了什么年龄才肯"勉磨圭角"，那是因人而异的。有些人，直到白发满头，皱纹满脸，仍旧是"此老倔强犹昔"。这种人是白白活了一辈子，他们永远与富贵无缘。自己得不到享受，固然是活该，然而连累到子孙翻不得身，却也太对不起祖宗了。为了避免"老悖不念子孙"的罪名，许多老年人只好乖乖地做一个"皮球人"！

　　"老去悲秋强自宽"，这种腐败思想应该不让它再存在革命民族的心里了吧。我们应该计划一百二十年的长寿,六十岁只算一半的历程,四十岁更只是三分之一。既不知"老去",就不必"悲秋";既不"悲秋",就无所谓"强自宽"了。老骥伏枥,志在千里。我以为志在千里的骏马决不自认为"老骥",因为有了这"老"之一念就决不能志在千里。有一个六十岁的人自称为"老少年",我以为这还不够:"少年"可矣,何必曰"老"!

【原载一九四四年十一月二十一日《中央日报·增刊》】

结　　婚

　　婚姻，似乎是社会秩序赖以维持的一个要素。从古至今，社会的改革主义层出不穷，但却很少人主张废除婚姻。民国初年，共产主义刚传入中国的时候，有人说共产主义是主张"公妻"的。后来这话显然被证明是不确的，因为共产主义的老家苏联至今没有听说要实行"公妻"。假定千百年后，真的有某一国家或某一些国家废除了婚姻制度，我们虽不敢说一定因此引起社会的骚动不宁，至少，这世界一定会完全改观，无论道德方面、法律方面，乃至于政治方面，都得另起炉灶才行。

　　由此看来，人类恐怕是必须结婚的了。无论是摆几百桌的喜酒，或简单地登一个广告，总之是必须把一男一女确定了他们的夫妻关系。男的必须承认女的是他的太太，女的必须承认男的是她的先生。他们有同居的义务，甚至有共同生孩子、共同教养孩子的义务。尽管有人说结婚是恋爱的坟墓，却有无数人甘心往坟墓里钻。因为这种坟墓乃是社会秩序之所寄托，也就是人类必经的历程啊。

摆几百桌喜酒，或登一个结婚启事，实际上都和婚姻没有必然的关系；但也不值得反对，因为那些都不失为点缀品。结婚的时候，如果有钱而大吃一顿，邀请亲戚朋友热闹一番，更是未可厚非。在这国难最严重的时期，难免遭受社会的批评和指摘；若在平时，则是心安理得的事了。我们并不讨厌这些；我们讨厌的对象却是别有所在。

结婚往往举行仪式，仪式越隆重，往往越是为人所称扬。但是，除了当事人一本正经地在那里扮演之外（天晓得！也有些当事人自己并不一本正经地扮演），观礼的人们谁不是怀着一种看戏的心理？这上头有旧戏，有新戏，旧戏是锣鼓花轿，洞房花烛；新戏是奏乐唱礼，披纱戴花。旧戏是我们的国粹，总算不失为纯粹的完整的一套，假使用另一种眼光去看，也还颇有可观。至于新戏呢，演得好的固然不少，可是演得不像样的更多。这也难怪，我们并不耐烦多花一些时间来一个"预演"，更不能像话剧一样，费去一两个月的工夫去"排演"，反正做个样子就算了，谁敢说仪式马虎一点儿就不能算为结婚呢？不过，有些婚礼也实在不大有趣，新郎和新妇太严肃了，严肃到了把面孔拉得一尺来长，甚至于带一点儿"哭丧"神气。这种神气，直到拍照时还没有解除。有些人认为一鞠躬不够隆重，于是应该一鞠躬的都改为三鞠躬。更有一种家庭，新妇入门后还要对尊亲属补行磕头。这种新旧合璧的地方真是不胜枚举。譬如主婚人戴着礼帽行礼，这竟像是前清戴顶子的习惯的残留。

前一些时候，我到某大旅馆去参加一个朋友的婚礼，正巧楼下也有人结婚。我们在楼上倚着栏杆看楼下的一场热闹，大家都笑弯了腰，笑痛了肚子，新郎和新娘的土气姑且不谈，只那一个中年妇人（大约是新郎的岳母或新妇的婆婆）把一束鲜花倒拿着，像倒吊一只死鸡，就很够瞧的了。司仪的人不知是几钱雇来的，唱礼倒也十分流利，只是声音响亮得像喊口令，而那些口令又是一口气喊下去，快得像豁拳。于是新郎和新妇在五分钟内鞠了几十个躬。证婚人怀里掏出一张红色的字纸，口中念念有词，大约算是"致词"了。一会儿大礼告成。我想，如果把它当作一幕滑稽戏来看，未尝不很有趣。至于我那朋友的婚礼，滑稽不够滑稽，隆重不够隆重，倒反是索然无味呢。

虽没有人主张废除婚姻，但是我希望有人主张改良婚礼，少做一些把戏，多做一些率性的热闹的事情。

【原载一九四四年十二月三日《中央日报·增刊》】

回避和兜圈子

专制时代的文字狱，千百年后犹令人心悸。自杨恽以至于戴名世、吕留良之流，都因文章做得太随便了些，以致闯下了滔天大祸。我们生活在这个民主时代，真是幸福得多了，许多民主国家的百姓还嚷什么"第五自由"，真是人心不足蛇吞象！请问大家：还是危险性的文章发表以后身首异处的好，还是不让危险性的文章发表，同时也不让你吃官司的好？当然，也有人愿意先发表了文章，然后一身做事一身当；但是，也有人觉得"今夕只可谈风月"，说话不可太随便了。再者从此不做文章，也未尝不是件好事，一则省下来时间多读几本有益的书，二则省得惹出是非，致干未便。真的，现在"绝笔"的朋友已经不少了，但是这种态度是否值得赞扬还是问题。

然而在这年头儿，我们写文章的人，真是"两姑之间难为妇"。一位婆婆自然是"仙色"，另一位婆婆却是"丽德"，这两位婆婆都是不好服侍的。好容易得到"仙色"婆婆点了头，"丽德"婆婆却在生气甚至于责骂了。反过来说："丽德"婆婆最喜欢的作品，"仙色"婆婆偏不让你拿出来。风月之谈自然为人所诟病，说是软性，逃避现实，然而真正硬性的正视现实的文章却只合埋葬在编辑室的字纸篓里。责备别人逃避现实的人也只能发表一些教人正视现实的文章，却仍不能发表自己正视现实的文章。当年刘公干正视甄后，正视的对象是美人，尚且得罪；现在我们应该正视的对象是丑恶，即使你有正视的勇气，恐怕也没有正视的权利啊！

如果"丽德"婆婆认为有关"建国"的文章就是正视现实的文章，也就好服侍了。可惜的是，报纸杂志上大部分有关"建国"的文章只是拷贝文学，或描红文学。拷贝和描红文学，只能令"丽德"婆婆觉得比风月之谈更讨厌，不能引起她的心弦的共鸣；真能引起共鸣的文章却又往往如佛经所谓"不可说，不可说！"假使我们只有一位"丽德"婆婆，我们自然会博她老人家欢心；怎奈我们还有一位"仙色"婆婆，这就实在教我们进退两难了。

在无可奈何之中，许多朋友都希望在"不可说"里头，稍为隐约地说一点儿。于是不免要回避，要兜圈子。谁都希望自己写下来的文章能够发表，如果辛辛苦苦地呕出心肝仍不免埋葬在编辑室的字纸篓里，何不索性玩一场桥牌或下一局棋呢？与其遭受"仙色"婆婆的删削或命令免登，倒不如先事承志,自己回避了那些该删的部分,更兜圈子去觅取一个准登的机会。

回避不容易,兜圈子更难!"生人勿近"的地方,自然应该回避了;但是,我们往往在写的时候还不觉得它是"生人勿近",等到写好了重念一次的时候才发觉了,于是只好把它一笔勾销,以免报纸杂志的有限宝贵篇幅还要临时开一个天窗。但是,有一些"生人勿近"的地方并不一定就是绝径,于是许多朋友颇能运用迂回战略,弯弯曲曲地向着某一个目标进攻。不过写文章本来很辛苦,写文章而至于兜圈子更是苦中之苦。兜圈子不免暗示,而多数的暗示却是等于谜语。深的谜语固然瞒过了"仙色"婆婆,但同时也得不到"丽德"婆婆的了解和共鸣;浅的谜语呢,根本就等于没有兜圈子。

再说,一篇文章经过了回避和兜圈子之后,我们很难再找出些精彩来,那上头既不复有精彩之笔,也不复有痛快淋漓的话。它只有的是矛盾,是暧昧,是糟粕!心血多费了一倍而文章的价值却减低了许多,乃至等于零。我们如果了解这一种痛苦,也就了解许多朋友为什么"绝笔"了。

【原载一九四四年十二月十七日《自由论坛·星期增刊》】

应酬文字

中国人最讲究应酬，除了饭局、赌局、烟局、镖局之外，还有应酬的文字。小而至于一副喜联或挽联，大而至于一篇寿序或墓志，都有许多讲究。这种东西，说易就易，说难就难。说容易呢，因为有许多蓝本可抄，不必像学术文章那样必须出自心裁，独抒己见，所以一班师爷和三家村学究们都会舞文弄墨，调出一些像样的文章来。说难呢，因为在许多情形之下是没话找话说，如果你不甘心抄袭陈套，几乎要写不出文章。如果是韩愈祭十二郎文之类，祭的是自家人，想说什么就说什么，倒也罢了。无奈一般的应酬文字总不能这样自由，譬如对于亲戚朋友，就不能十分随便，文章总要做得得体。换句话说，就是一方面要讨主人的喜欢，另一方面要让亲众看了不觉得肉麻。这就难了！为了几个一般的俗人，文章非到了肉麻的程度，绝对不能讨他们的喜欢。譬如一个非常泼辣，而且从来不懂得家庭教育的女人死了，你还不免要赞她敬夫睦邻的妇道，画荻丸熊的母教，苦矣哉！

人生总有几分虚伪，于是对于平生所痛恨的人，有时也不能不稍稍敷衍，何况"不念旧恶"乃是应中国人所认为的美德。我们对于憎恶的人更应该不已甚，尤其是对于死人。人既死了，万怨俱消，乐得在生人眼中，做一个宽洪大量的样子。别人称他为"古之遗爱"，你不便称他"市井无赖"；别人赞颂他"福寿全归"，你也就不便诅骂他"死有余辜"；别人恭颂个"玉楼赴召"，你更不能咒他堕落在十八层地狱了，苦矣哉！

最糟糕的是，做寿或仙逝的人和你非亲非故，甚至和你并无一面之缘，你只是受人之托，做一副寿联或一篇祭文。你对于那人既然素昧平生，当然对于他的品行所知不深。再说，应酬的人也不一定为你所完全了解，贸然捉刀，断难恰到好处。这好比测字摊上为人写家书，如果不误称舅父为表兄，已经算是难能可贵的了，还希望有什么真情流露呢？苦矣哉！

中国人是一个多忌讳的民族，万事总求一个吉利。应酬的文字首先应求其不犯忌，通顺雅切犹在其次。喜事固然不用犯忌的字眼，凶事又何尝可以净说倒运？由这一方面说，与其巧运心思，倒不如拾人牙慧，因为陈套是不会得罪人的。由此我们可以明白为什么许多逞才调的文人的应酬文字倒反赶不上三家村学究作的来得妥帖。有些人呕尽心肝，结果是吃力不讨好，苦矣哉！

　　然而也有人苦中取乐，就是出卖应酬文字。润笔到手之后，这种刍狗文章谁还去理会它呢？抱着逢场作戏的见解去做应酬文字，然后不为文字所困，也就不觉得太苦。但不知当代大手笔亦有同感否？

【原载一九四四年十二月三十一日《中央日报》】

·王了一集·

公共汽车

最近因为迁居乡下，每星期须坐几次公共汽车。我们没有理由说公共汽车的票价定得太高，因为往返的车资虽占了我每日收入的一半，但若依物价万倍计算，车资只等于战前的一角多钱，也不算贵了。最令我头痛而又印象最深者，乃是等车，买票和坐车。

等车所需要的耐心，比"人约黄昏"的耐心还要大。目断天涯，但瞻吉普；望穿秋水，未见高轩。候车近日，有如张劭之灵；抱柱移时，竟效尾生之信。回忆在上海等待公共汽车，五分钟不来，已经像热锅上的蚂蚁了；但是现在抗战八年，抗得心都硬了，早学会了守株待兔的本领。半点钟不来，等一点；一点钟不来，等两点；两点钟不来，等三点。如果最后一班车突然宣布回厂，也只好等到明天。从前的公共汽车是为了旅客的便利，现在的旅客是为了公共汽车的便利。有时候大雨倾盆，旅客们变了一群落汤鸡，仍然冒着雨，等着，等着，竟像公共汽车是开往某地去淘金，非坐不可，非等不可。

好容易车到了，开始卖票了。车到后才卖票始终是一件难于索解的事情：大约是让大家挤着买票热闹些，好看些。人越挤，手越乱，越费时间。偶然有人因抢着买票而和售票人争执，售票人就先和他吵闹一番，暂停售票。买票的人越急，卖票的人越从容，本来按部就班五分钟就卖得完的票，一刻钟也卖不完。抢和乱是中国全社会的情形，公共汽车的卖票只是全社会的一个缩影。如果你因此责备汽车公司，就请你先改造了全社会再说。但是，弱者终于成了牺牲者。有一次我自知无能，派了一个青年代表去买票，谁知他也谦让未遑，虽没有做大树将军，却也甘心做殿后的孟之反。他到站最早，买票最迟：在三十六位抢票天罡当中，他做不到第一名及时雨宋公明，也做不到第二名玉麒麟卢俊义，倒也罢了，偏要退到第三十六位，做了一个浪子燕青！只听得售票人把票窗一关，他只好望窗兴叹。唉！这种人切莫买票，更莫做官！

如果你买到了票，就该挤车了。售票人大约没有计算车子能容多少人，所以车子总是挤得满满的。其实计算也没有什么用处，因为有些特种人往往不先买票，就从车窗爬了进去。原来先买票的还是傻瓜，只有先抢上车的是英雄。车到了，客人还没有下车，没有能力爬窗子的人们就从汽车门口蜂拥而上，弄得乘客们没有法子下车。人满了，另有些人就改坐"头等"，所谓头等就是车顶。美国人给他们拍照，带回美国去又是一件珍闻。普通形容拥挤，喜欢拿罐头沙丁鱼来做譬喻；其实沙丁鱼的堆叠是整齐的，而公共汽车乘客的堆叠是杂乱的，比沙丁鱼更逊一筹。古人所谓摩顶接踵，公共汽车能够如此就算是天堂。你的头只能靠着一个高个子的脖子，或者一个矮人的头发；你的脚千万莫提起来搔痒，当心再放下去已经失掉地盘了！如果你侥幸是坐着的，你只好仰天长叹，否则另一个人的胸将没有一个安顿处。如果你前面站着一个女子，而你又不够洋化，不肯让座的话，你就只好学个柳下惠，让她坐怀而不乱。真的，有一位中年摩登妇人站不住了，只好老老实实坐在一位陌生的少年军官的膝上。这也不能说什么：嫂溺则援之以手，礼也；现在女疲则授之以膝，即使孟老夫子复生，也应该是点头默许的。

　　本来，公共汽车应该是平民化的东西。在这年头儿，农民贩夫富于公务员，更有搭坐公共汽车的权利。如果都是些干干净净的长沮、桀溺、梁鸿、孟光，倒也罢了；不幸偶然来了几个自从出世以后没有洗过第二次澡，或自从结婚以后没有洗过第三次澡的巢父、许由,在这苍蝇钻不进的人群当中,那非兰非麝的气味儿也就够你消受的。还有他们的全副行李,也未必受人欢迎。有一天,一个老头儿带了一罐不封口的菜油,车子一颠簸,弄得附近的五六个乘客的裤子都油油然利益均沾。总之,你如果有漂亮衣裳,应该留着进电影院或舞厅,千万莫在公共汽车上摆阔。

　　说了一大篇,我还得声明我并不是公共汽车的憎恶者;因为还有一辆容纳四万万五千万人的公共汽车比上述的情形更糟。抗战胜利了,但愿抢和乱的情形跟着战祸烟消云散。不然,外国人拍起照来,那才不好意思呢!

【原载一九四五年九月八日《自由论坛周报》】

跳　　舞

二十年前，上海某大学开一个游艺会，在许多节目当中，有一个特别精彩的节目，就是请了两男两女登台表演交际舞。整个音乐只有一个话匣子，而那两双舞伴的跳舞方式又各不相同。其中一双是并未拥抱，两个身体中间几乎可以容纳第三个人，葳葳蕤蕤地，敷衍了事。另一双却是拥抱得特别紧，两个身体中间跳不进一只小跳蚤，热热烈烈地，认真表演。观众对于前者自然毫无印象；对于后者却是印象很深。当时上海还没有舞场，大家没有看见过交际舞，于是台下喊喊喳喳，纷纷议论。有人羡慕那男的艳福不浅，但是，大多数的观众都喟然叹曰："恶行得来！"

这一段故事有三点值得注意：第一，交际舞在中国是奇事一桩，比无毛的鸡和生角的马更能令人惊愕，所以游艺会的主持人把它作为最精彩的 Bouquet；第二，交际舞是外国的东西，一时不容易全盘西化，所以某一双舞伴仍保持着相当的距离，这就象征着中西文化的冲突；第三，中国人对于两性间的道德观念并没有彻底改变，以致少见多怪，认交际舞为"恶形"。

二十年后的今日，如果再有人认交际舞为"恶形"，自然是属于老腐败一流，不为新青年所齿数。本来，旧礼教下的妇女有视觉的贞操和触觉的贞操两种，视觉的贞操禁止妇女抛头露面，虽贵如皇太后，听政也必须垂帘！触觉的贞操就是所谓男女授受不亲。现在的妇女非但可以抛头露面，而且由长袖而半袖而几乎没袖，由长裙而裤子而短裤而减至无可再减的裤衩。视觉的贞操既然打破到了相当的程度，触觉的贞操自然不该让它滞留在十七世纪的阶段。因此，由授受不亲而握手而拥抱，不过是和视觉的贞操作平行的打倒，有什么值得大惊小怪的？

近两年来，昆明的跳舞颇为盛行，于是跳舞成为社会讥评的对象。有些人根本反对国难期间的跳舞；我们只要回忆山海关失守后北平电影院门前发现炸弹的情形，就可以了解这种人的心理。另有一派人并不反对中国人和中国人的交际舞，他们只反对中国女子——尤其是大学女生——和外国人跳舞。这些人并没有以为跳交际舞是"恶形得来"。即使有些人心里是这样想，口里也并不这样说。他们只以为中国女子和外国人跳舞并不是正当的交际，而是另有企图，于是就有伤国格。

反对的理由既建立在"另有企图"之上，于是该不该跳舞并不关系于跳舞的本身，而是关系于有别的企图，这个案子就难于判决了。和外国人跳舞的中国女子，谁也不肯承认另有企图，因此，谁也不甘心受社会的指摘。我们对于这个，只能就原则上立论：假使真是另有企图的话，是不是值得指摘的呢？

交际舞既是西洋的东西，我们不妨追究西洋交际舞的真相。在西洋，富贵人家的盛筵和机关学校庆祝会等等，其中的交际舞，可算是最正当的交际舞。其次要说到商营舞场，你固然可以携你的女友去舞，但若没有女友同舞的话，也不妨临时找一位女客同舞。无论男客和女客，一律须买门票，不过女客比较便宜些。譬如男客要收一元钱，女客就只收六角。男客和女客初会，最忌询问姓名住址，更忌请她吃东西。这样，你和她狂舞了一夜，你不必，也不该在她身上花一文钱。如果双方的舞艺都不错的话，你满意了，她也满意了。这种跳舞，可以说是"为跳舞而跳舞"。

一切西洋文化传到了中国都会走样，交际舞也不能例外。因为"良家妇女"不大肯到舞场，所以不能不用舞女伴舞。抗战以前，上海舞场有所谓"一元五票"乃至"一元七票"的办法，有一位朋友在西洋很喜欢跳舞的，后来在上海做事，却绝对不进舞场。他说:"在西洋雇舞女伴舞乃是一件可耻的事,因为那是你不会跳舞,所以雇一个舞女来领导你;那种领导跳舞的人,非但有舞女,而且有'舞男',专备女客之用。现在我既会跳舞,还要雇用舞女伴舞做什么?在西洋,交际舞是真正的交际舞;在上海,那只能称为'贪淫舞'。女的只求满足她的贪心,男的只求满足他的淫欲。交际舞令人愉快,贪淫舞令人作呕,我怎么能再进舞场呢?"

真惭愧,我没有到过昆明的舞场,不知道那是交际舞呢,还是贪淫舞?让我说两句滑头话做收场吧:如果是交际舞呢?尽可以见仁见智,各行其是,不必少见多怪,认为"恶形得来";如果是贪淫舞呢?虽在歌舞升平的时代也不怎样值得提倡,何况这是"壮士军前半死生"的时候?

【原载一九四五年九月十五日《自由论坛周报》】

行

素性爱远游,一生耽泉壑。
携伴攀灵岩,驱车访泰岳。
每逢休沐期,辄赴山中约。
回想当时欢,胜景浑如昨。
不料近年来,游兴忽萧索。
中门便当游,十里嗟寥廓。
非谓心情改,只因路途恶。
崎岖小羊肠,草草五丁凿。
下俯欲百仞,深邃哪可度!
司机漫徜徉,乘客纷骇愕。
翻车家常饭,滚滚到山脚。
轻则伤孤拐,重则碎脑壳。
顷刻见阎王,更无特效药。
千山啼杜鹃,腐肉寒鸦啄。
发肤受父母,忍教无下落?
宁作樊笼鸟,勿为令威鹤。
爱游叹我虽,浪游劝君莫。
与君关大门,共取杯中乐。

这一首歪诗大有反对冒险精神的嫌疑。但是，依我的浅见，险是应该冒的，也是应该避的。假使你是万里赴戎机，我劝你冒险，假使你是千里送鸿毛，只要你是送给心上人，也还是值得冒一次险；但是，如果你要从昆明去看贵阳花溪的红叶，虽说是雅人深致，也就很有考虑的必要。有人看见过，滇黔道上的某一个山麓的深处，一共有七辆汽车堆叠着，这确是天下奇观；但是你得当心，它们正在向尊车招手，说不定你那尊车会光临幽谷，和它们凑成八辆。

如果旅行只是在悬崖峭壁里或"二十四弯"出岔子，倒也罢了。不幸得很，这只是旅行八十一难之中的一难。"车爱抛锚船出轨"，这是重庆脍炙人口的一句竹枝词。有时候抛锚抛在荒山，汽车就成了临时客栈。非但饱听狼嚎虎啸，说不定还有绿林英雄来光临。至于内河轮船，本该是最安全的，既没有惊涛骇浪，又没有暗礁，正好让我们欣赏那"峰峦压岸东西碧，桃李临波上下红"，不料竟常有共访水晶宫的危险！再讲到"黑店"，也够令人毛骨悚然。据说有些"黑店"并非像《水浒传》所说的，把万物之灵的躯壳做成"人肉包子"，而是把它做成"人肉包裹"，至于所裹何物，运往何方，我们未便根据道听途说，说了出来。总之，我们希望这是齐东野语。

比较安全的旅行，还是航空。虽然徐志摩为了坐飞机而使他的《爱眉小札》就此绝笔，究竟流星式的死不失为一种最摩登的死，而且是最痛快的死。飞机无所谓抛锚和出轨，乘客也不至于住"黑店"。虽然呕吐袋足以引起我们的恶心，但是扶摇直上的豪情和逍遥云海的乐趣已足相抵而有余。记得去年我由昆明遄飞重庆而在成都借宿一宵，更是舟车旅行所没有的奇遇。可惜的是飞机票太难买；即使买到了票，坐在飞机上，说不定最后五秒钟还被拉下来，让给那些坐飞机机会最多的人们。飞机自是鹿脯熊蹯，我们只是偶尝一脔而已。一般老百姓如果要旅行，仍旧不免去冒抛锚出轨的危险。

详细描写旅行的苦处可以写成一部书。这里因为限于篇幅，也没有援引七凸坡的火车惨案，也没有描写沙丁鱼和黄鱼，依我想，虽说衣食住行为人生四大要素，但是一个人如果没有衣食住就活不下去，而一个人在家守灶头却只有安逸些。在这些年头，最好是提倡"老死不相往来"的老子主义，乖乖地做一个"门虽设而常关"的市隐。汽车固然贵，酒精和木炭也不太便宜。一动不如一静：我们不妨北窗高卧，自谓羲皇上人，一则可以为国家惜物力，二则可以为自己珍惜千金之躯。如果你的游癖难除，也不妨买一幅地图和几十张风景照片挂在卧房的墙壁上,来一个"卧游"。切勿因千里寻山访友而撞进了阴司,累得阎罗老子说你阳禄未终,送你还魂,倒反多费了一番手续。

【原载一九四五年九月二十二日《自由论坛周报》】

看 戏

　　生平爱读书写文章，更爱娱乐。为了娱乐，我可以立刻抛开了没有看完的章句，停止了正如潮涌的文思；为了娱乐，我可以半个月不拿书本，不动笔墨。看戏，是我主要的娱乐，无论京戏，话剧，电影，只要是好的我就乐此不疲。假使京戏里没有甩垫子，话剧里没有换景，电影里没有广告，该多好！又假使京戏里没有倒嗓的配角，话剧里没有蓝青国语的演员，电影里没有飞机、比拳和时装表演，也没有平克劳斯贝和劳莱、哈代，该多美！但是人生万事都是有缺陷的，如果求全责备，就只好牺牲娱乐了。

　　缺陷是不能没有的，可惜的是，有时候我们所遇着的缺陷未免太多了些。挤票，首先令人不快。莫怪卖飞票的人们；幸亏有了他们，情愿多花钱的人就能得到了舒服。要享受本来不该吝啬钱；只怕的是花了钱还得不到享受。你的漂亮的衣裳曾经在戏院里被漂亮的椅子勾破过没有？如果看了一场好戏回家来发现你的旗袍或西装上有一个大破洞,那么,你在床上辗转反侧时,所得的不是好戏的回味,而是破衣的烦恼。你在天宫般的穹窿之下,曾否遭遇过细细幺麼的,能跳不能飞的咬人小动物?当你正看得兴高采烈的当儿,搔痒是增添你的愉快呢,还是阻扰你的"入神"?这只有一个好处,就是使在那恍然置身于摩天楼中的一刹那,忽然悟起身在中国。这叫作娱乐不忘国粹!

怪声叫好,吹口哨,令你想到这是赤县的声音;不脱帽子,嗑瓜子,扔果皮,令你不忘这是神州的秩序。咱们有一面看戏,一面高声谈话的本领。你如果不让我说话,你就是干涉我的自由。如果我陪着一个外国人看京戏,更应该高声翻译,一则表示我有外国朋友,二则显得我能说一口流利的外国语。小孩看戏是不要钱的,祖孙三代不妨同来;忽然"哇"的一声,全院回首。小孩们不能个个都是爱好戏剧的邓波儿,只凭他"短笛无腔信口吹",哪管你"惊破霓裳羽衣曲"!外国人看戏是鸦雀无声,中国人看戏是各种声音"伴奏"。中国本位文化正不必提倡,实际上咱们永远脱不了本来面目。

以上说的是平时,还没有提到那些偶然发生的事件。我小的时候,大人不大肯让我去看戏,怕的是有危险。看戏有危险,在外国是不大可以想象的事，在中国却颇富于可能性。第一样是打架。记得八年前在长沙看京戏，不知为了一些什么细故，忽然观众之中有一群人打起架来。台上全武行暂停，台下全武行开始。关公、关平、周仓呆呆地站在台上变了观众，一班武装同志闹哄哄地做了临时演员。忽然关公旁边出现了一位现代军人，高声叫大家不要慌，这不过是维持军风纪的一种举动。幸亏宪兵来得快，滋事的人被带走了，关公仍旧走他的麦城。第二是虚惊。这里我们并不说真的塌房子或火灾一类的事情，只说无中生有，一人惊扰，千人慌张，夺门破窗，成为十分严重的"披尼克"。在那极端纷乱的情形之下，即使你并不要做一个不傍岩墙的知命者，却也没法仿效那虎哮不变神色的王戎。于是大家推拉，互相积压，强者变为"超人"，弱者沦为"下士"，妇孺照例是降入最低的基层。高跟鞋不翼而飞，近视镜虽坚亦碎。未舞回腰，已做坠钗之女；空将短发，终成落帽之人。本想"台端"有趣，四座生春；谁知足下无情，一身是土！小破资财，固其宜矣；大杀风景，岂不冤哉？

因此我虽然是一个极端喜欢娱乐的人，有时候总不免有娱而不乐之苦。听说娱乐所以恢复疲劳，但有时候娱乐反添烦恼。"勤有功，戏无益"，《三字经》的作者也许是进过戏园子，所以才定下了这两句箴言。可惜的是我的野性难驯,今晚又将应友人之邀,去享受那预期的视听之娱,甘冒那些不可知的麻烦和纷扰。

【原载一九四五年九月二十二日《自由论坛周报》】

五强和五霸

　　远在胜利之前，中国已经被称为五强之一。假使是自己称强，未免近于夜郎自大，但现在友邦也承认我们强了，众望所归，我们对于这个"强"字，自然可以居之不疑了。如果再有人说中国仍然是一个弱国，这就是"长他人的锐气，减自己的威风"。

　　假使有一个呆子发问：中国哪一点够得上强国的条件呢？直截了当的答复就是中国把日本打败了。有能力打败了强国，自然是强中之强。这还有什么疑问呢？

　　我忽然由五强联想到春秋的五霸。五霸的名称，《左传》《孟子》等书都有；至于五霸是谁，却没有说明。依后世最普通的解释，五霸是指齐桓、宋襄、晋文、秦穆、楚庄。桓文穆庄都颇能名副其实，只有宋襄公被列为五霸之一，如果他九泉有知，也应该受宠若惊的。

　　如果把春秋的五霸来比今日的五强，英国自然可比齐国，因为它过去曾执世界的牛耳，而现在的国势也还过得去。苏联可比楚国，美国可比秦国。如果你把苏联比秦国，美国比楚国，我也不反对，反正它们是各霸一方，竞争雄长。剩下的晋国和宋国，我们怎样做比方呢？老实说，今日的法国和中国谁也比不上当时的晋国，然而恐怕谁也不愿比宋国。

但是宋国确也有些很像现代中国的地方。宋是圣人商汤的后裔，中国是神明的子孙，其同一。都是积弱的国家，忽然发奋为雄，其同二。宋人被认为愚蠢民族的代表（罗膺中先生说），我们也被认为贫而愚的民族，其同三。宋襄公不禽二毛，我们也常常表示大国民的风度，其同四。近日见某报说："中国能自振作，则为春秋时晋楚间的宋国，藉以弭兵。"这样说来，其同五。我们虽不想比宋国，恐怕也有人硬把我们比宋国，如果他把五强和五霸相比较的话。

有人说，我们虽在国势上比不得美苏英，却比法国稍胜一筹。譬如法国现在对于西贡的事变没有办法，而我们在越北军事顺利，我们该是晋国，法国才是宋国，我很愿意接受这一个提议，不过晋国也应该仿效和可以引以为殷鉴的地方。我们应该永远记得魏绛和戎的国策，而避免三家分晋的危机。本来，晋国处于秦楚两大之间，已经有不灭于秦则灭于楚的危险，更何堪兄弟阋墙，削弱国力呢？有人说，你错了。我们怕的不是三家分晋，而是两家分华。是的，然而不管三家或两家，总之，分了之后，晋国就快完了。

五强之一啊，你抵抗侵略，是有志气，你能血战八年，不折不挠，是有勇气；但你应该永远争气，绝不能对自家人闹意气，以致别人看来觉得"泄气"。我希望你非但能使聪明人觉得你是强国，而且还能使呆子们觉得你是强国。因为依呆子们的意见：

1. 不能建立秩序，不可谓强；
2. 不能避免内战，不可谓强；
3. 不能刷新政治，不可谓强；
4. 不能家给户足，不可谓强。

呆子们也相信中国将来会强的，但是他们不相信现在已经算是强了。他们服膺那"满招损，谦受益"一句老话，宁愿认为中国现在仍然是一个弱国。

《荀子·王霸篇》把齐桓、晋文、楚庄、吴阖闾、越勾践认为五霸，并没有把宋襄公算在内，可见若不是千秋万世所公认的"强"，有时候就有名落孙山的危险。因此，我们希望中国不仅是现在某一报纸上的五强之一，而且是千秋万世后的董狐所著的历史上的五强之一。

【原载一九四五年十一月二十一日《独立周报》】

天高皇帝远

从前有皇帝的时代,我们乡间有一句俗话:"天高皇帝远。"意思是说,在偏僻的地方,小小的土豪劣绅俨然是个皇帝,他的眼睛里没有"王法",他可以随便枪毙一个人,而这个死人的亲属无处呼冤。呼天天不应,因为天太高了;喊皇帝更是枉然,因为皇帝太远了。

圣人有忧之,于是置御史。御史,应该是小民和天之间的传声筒,也就是老百姓和皇帝之间的桥梁,可惜有许多筒并不传声,有许多桥是独木桥,不容易过得去。因此,御史所到之处,只听见当地长官"排队相迎"和"看酒",而小民呼冤的声音仍旧传不到御史的耳朵里。由此看来,皇帝固然是远,御史也并不近。

圣人忧之,于是置"登闻鼓",允许老百姓告御状。我们不知道那些看守登闻鼓的人是否让老百姓随便敲打。如果太纵容了他们,包管那鼓被打个不停,先是排队鱼贯地打,后来竟是抢着打。一个鼓不够,加到十个;十个不够,加到一百个。

每天至少有几十个鼓被打烂了（满腔冤抑都重压在那鼓上），朝廷花钱买新鼓不要紧，一天到晚不断的鼓声，岂不妨碍办公？但也有人说我的猜想不合理，根本不会有许多人去打那登闻鼓，因为如果被告的是个小官儿，用不着向皇帝喊冤；如果是一个金印煌煌的宰相或尚书之类，老百姓根本不敢去告。恐怕冤屈未申，先把一条老命断送了。

告御状的人当然希望"至尊"自己看状，然而事实上不可能。如果一张状纸落在普通官吏之手，告御状的意义就完全失去了。当然，这一张状纸未必恰巧就落在被告的手里，但是，看状的人一粗心，也就没有什么结果。然而登闻鼓终不失为爱民的象征。太平盛世，登闻鼓应该是备而不用的。

【原载一九四六年一月十日《独立周报》】

应付环境和改变自己

　　一个人不能时时刻刻都和环境相宜。当环境恶劣的时候,我们不是设法来应付环境,就是设法改变自己,使自己能适应环境。适应和应付不同:适应是把自己去迎合环境,往往是顺着潮流,成为识时务的俊杰。但是"识时务者为俊杰"这一句格言早已成了"不讲气节""没有操守"的别名。于是志士仁人总不肯改变自己来迁就环境,并且在积极的方面,还要改造环境,来迁就自己。这样一来,就变了应付环境了。

　　但是,应付环境不都是好事。譬如大势所趋,成了不可挽回的局面的时候,如果硬要挽回,就非弄到一败涂地不止。所谓"顺天者昌,逆天者亡",天似无凭而实有凭,它所凭的就是人心中的真理。"天视自我民视,天听自我民听。"民视民听的天意是应该"顺"的;若用现代的话来说,就是应该"适应"的,不是应该设法来应付的。

　　适应是一种觉悟,应付却是一种手段。为了应付,往往不是以真理为前提,而是以利害为前提。眼看目前的难关过不了，就勉强委屈一下自己，以求渡过难关。这样，就往往是头痛医头，脚痛医脚，一个难关渡过去了，就以为天下从此太平，自己可以高枕无忧。却不知道若非彻底觉悟，彻底改变了自己，仍旧是难关重重的。

为了应付，又往往不择手段。一方面勉强委屈自己，另一方面却仍旧露出了狰狞的本来面目，以求破除障碍，或对抗潮流。这样的应付环境，竟是缘木求鱼，因为只讲应付，不知痛悔前非，真正的改变自己，结果一切应付的劳力都会成为白费的。

君子之过，如日月之食。改变自己并不是没有操守，而是非常光明正大的事。问题在乎彻底改变了自己之后，对于现有的利益不免大大的牺牲，若不是大智大勇、见义忘利的人，很难做到这一步。然而，改变自己是最简单最有效的办法；舍此不图，徒见其越应付，环境越恶劣，难关越多，终于无法应付而后已。

【原载一九四六年二月十五日《独立周报》】

寄 信

寄信的人有两重希望：第一是"必到"；第二是"早到"。

关于"必到"一层，这是邮局最低限度的责任。事实上，除了不可抵抗的原因之外，通常邮局寄信总是必到的。只有转信的地方，如机关学校之类，才会有遗失信件的危险。抗战后两年，我曾经三个月没有接到学校转来的信，忽然有一天，校工送来一大捆信件，大约有八九十封，另有一封是学校收发室给我的，大意是说，每次送信时，那校工都在送文簿上代我签一个"收"字，现在发觉了，叫他把积存的信都送了来，听凭我的处罚。我笑了一笑，接下信来，放他走了。我能罚他什么呢？我还该感谢他没有把它们烧毁，否则就收不到了。

还有一种危险乃是拿钱给佣人去寄信。现在每一封信邮资二十元，只等于战前半分，大约不致再有佣人吞没邮资的事了。从前却不然，五分钱的数目在佣人看来已经不少，如果共寄四封，就是二角。因此，偶然也有佣人把信撕了，把邮资去买香烟吃的。这种人最是有损阴骘。

那些都不关邮局的事。照理，投邮的信总不该不到的。然而听说某城某街的一个大邮筒是已经"作废"了的，不过并未折毁，也不在筒外写明"作废"字样，于是曾文正公的家书，崔莺莺的酬简，到了那邮筒里都像石沉大海，烟入九天！这种事似乎是不可能的；然而泄露这个秘密者乃是邮局中人。既然姑妄听之，亦不妨姑妄言之。

其次，该谈一谈信件的早到和迟到了。孔子云："速于置邮而传命"，可见"邮"是快的。古时是用驿马，已经很快，现在用火车轮船汽车以至于电力，当然更快了。西洋有一种"电气信"，专寄本市。在三四百万人口的大都市里，薄薄的书信用电气一送，两小时内就送到了收信人的手里，比专差飞递还要快些。中国没有电气信，只有快信。快信是要经过若干登记手续的，而我们贵国的事，如果要经过办公室，就得等候办公人员的心血来潮了。去年，我住在离城十三公里的乡间，城内寄来的信，如果是平信，需时三日至七日；如果是快信，需时七日至十三日！我进城时，对亲友们说："如果有紧急的事，请寄平信，切莫寄快信！"

本市的信，快慢也要看机会。像西洋的大都市那样上午寄下午到，晚上寄早上到，在我们这里是不可能的。最快的是今天寄明天到，迟则三五日以至一星期不等。有朋友自远方来，急要见面，等到我接着信，赶到旅馆的时候，那朋友已经到了别的城市。又有朋友结婚，我收请帖之日，新妇已经是"三日入厨下，洗手作羹汤"了。我因此得罪了朋友，却没法子向他们解释书信或请帖迟到的原因。本来吗！上海相隔数千里，来信只要三四天！若说本市的信在一两天内还收不到，谁肯相信呢？

几年前，学校的收发室有一个通告，大意是说，外埠的来信，盖了本市的邮戳后，往往还要三五天才送到，询问邮差也不知道是什么原因。这一件事确也奇怪。政府机关里的文件"留中不发"虽已成了家常便饭，邮局里的信件"留中不发"却仍旧算是一件奇闻。幸亏近来这种事已经不再发现了。

抗战以前，中国的行政只有邮政和海关差强人意。尤其是一般人对于绿衣使者特别有感情：他们是慈父孝子的天使，情男恋女的青鸟。一封信的"必到"和"早到"，在邮局本身是一种义务，对于收信人又是一种恩惠。在抗战时期，非但一切庶政都糟不可言，连邮政也有点儿变质。我们希望胜利以后，邮政首先上轨道。这种希望应该比希望政治清明容易实现得多。

【原载一九四六年三月六日《自由论坛周报》】

开 会

我很后悔没有参观过西洋人开会,不知道他们开会的情形是怎样的。在我们中国这种从西洋传来的玩艺儿,的确好玩得很,但也不知道和西洋有无异同。

按理,在国民党执政的时代,一切开会的程序都应该依照孙中山先生的《民权初步》,但是,请恕我见闻不广,在我所曾参加的会议里,很少看见发言的人完全依照《民权初步》所规定的。再说,恭读总理遗嘱和默念三分钟固然不是孙中山先生所能预料的,就是对党国旗行三鞠躬礼,《民权初步》里也没有规定。假使有人完全依照《民权初步》开会,在发言的程序上就变了拘滞,啰唆,在礼节上就变了失仪了。

远在《民权初步》出版以前,中国已经有了开会的事实。我不是历史家,不能考证清末的省咨议局是怎样开会的。不知道他们是否先向龙旗行礼,或先向北面跪拜三呼,然后开议。民国初年开会的仪式似乎比较简单,但是会场的秩序并不见佳，国会里常有墨盒纷飞的怪现象。这种文场武器在现代是落伍了：墨盒打人，至多是把对方的额角上打成一块青紫，决不能使他的伤口阔二公分。当时也没有播音器的设备，不至成为争夺主席的对象。

争主席的风气由来已久。依原则上说，主席没有什么可争的：主席除了退出了主席地位，不能有所提议；又除非在正反票数相同的情形之下，主席甚至没有表决权。但是，实际上主席是很重要的。他可以把握空气，操纵空气，甚至于改变空气，制造空气。当他看见会场的空气不佳的时候，他可以掉三寸不烂之舌，收移天换日之功。一个说话不会掉枪花的人，可以说是不配当主席。他如果要左袒盗跖，右袒孔丘，他只消在复述盗跖的提案的时候隐隐地加上了动人的色彩，又在复述孔丘的提案的时候暗示着一些可憎的颜色，或有气无力轻描淡写，使它黯然无光。这样，不待表决，盗跖的提案已经有了"九分光"了。因此，凡是两派交哄的场合，主席在所必争。争之不已，甚至于打得焦头烂额，就此流会。流会有时候也足以表示某一派人的消极的胜利：因为人家不成功，也就是我们不曾失败了。

最有趣的是几千几万人的大会，许多人还没有听清楚主席说些什么，只听得一阵欢呼，一阵拍掌，于是自己也不知不觉地欢呼拍掌起来。忽然一个人临时动议游行示威，又是一阵掌声，就算通过了。虽然游行是"临时"的动议，但是游行的旗帜和口号却是"事前"准备好了的。于是整队出发，一人倡导，万人应声。当你参加这种集会的时候，你得准备一切服从大多数。你如果妄想要反对别人的临时动议，或修正别人的口号，你就得准备吃拳头。说是命令吧？这明明是叫作开会。说是开会吧？却又非但只容许有一种可能的议决案，而且只容许有一种可能的提议。大会如果有宣言，也省了推举起草人的手续，台上人把宣言念了一遍，台下又是一阵掌声。总之，对于这种集会，来不来是你的自由；来了之后，对于人家的决议，赞成不赞成不是你的自由。

和上述的情形异曲同工者，是某一些同乡会之类的开会。譬如有入会的资格者共有四万人，实际登记入会者不到四千，实际出席"大会"者不到四百，居然也选出他们的理监事。等到开理监事会就更妙了。这种会的理事长往往是达官显宦，当他做主席起立致词的时候，全体理监事连忙站起来恭听。当讨论议案的时候，从来无所谓投票表决或举手表决，若不是主席自己提出意见让大家赞成，就是大家闹哄哄地，你一句，我一句，结果是声音最响的人得了胜利！如果要临时组织一个什么委员会，若不是主席自己提出名单让大家来一个照原案通过，就是大家随意提名，只要没人反对就算通过。事实上也决不会有人反对，因为"不得罪人"乃是中国人的传统的道德，也是处世的最高的艺术。其实，岂但同乡会之类是这样？机关学校里，许多集会都或多或少地有这一类的情形。

我因此联想到有关国家大事的重要会议。在这种会议里，是否主席的提议就一定能全体通过？是否一切议案都经过投票表决或举手表决的手续？又如果举手表决，心里反对的人是否也没有勇气不把手举起来？当议论议案的时候，是否有人一肚子真理，只因为看看会场的空气不对，也就"三缄其口学金人"？我不曾有过参加这种会议的光荣，不敢妄加揣测；但我也认识一两个参加这种会议的朋友，他们并不很像能打破中国的传统道德和违反处世的最高艺术的人。中国人一向是"中学为体，西学为用"，唯有对于开会这一件事却是"西学为体，中学为用"，因为这是凭着中国人的人情世故，去学西洋人的民主形式。希望"中华民国"这种人渐渐减少，否则再喊一百年民主也是徒然的。

【原载一九四六年三月十三日《自由论坛周报》】

寡与不均

据最近上海报载,大学教授,海关职员,职业工会等等,都纷纷要求改善待遇,而且大多数总是要以四行一局的待遇为标准。因此,我们想起了《论语》里一句老话:"不患寡而患不均。"

中国确实是穷。非但抗战时期是穷,胜利以后也是穷。据说战后照理应该比战时更穷,西洋历史上有的是先例。这样,我们自然应该共体时艰,大家发扬服务精神,不必计较待遇了。尤其是大学教授们,应该"后天下之乐而乐",也要要求改善待遇,更未免有损清高。

然而,四行一局的工友,他们的薪津的确比大学教授高出十分之二,这又该作何解释呢?难道他们就不应该共体时艰了吗?一般公务员的待遇也都比他们差,难道他们就不应该发扬服务精神了吗?还有士兵们呢?他们连要求加薪的呼声都不敢正式地向主管机关喊出来,难道士兵们的待遇比四行一局的待遇还更好吗?这是一般的理论。但是,说这种话的人未免不了解真理,或虽了解而故意抹杀真理。谁都知道，钞票是银行里印发出来的，稍为多印两张给自己人用，也是人情之常。从前汉文帝允许邓通铸钱，邓通因此富甲天下。现在银行印钞票非但行员不能私用一文，连银行总裁和发行局长也不能私用一文，已经是最公道的了。公开地多发两个钱的薪水，还遭天下的妒忌，这才是不公平呢！

　　以上所说，虽是一种真理，然而如果我是一个国家银行的职员，我却不必和你讲这个。我另有一番大道理和你说。第一，我要先驳倒了某大学的教授会要求改善待遇的理论。他们最动人的话只有两点：其中一点是说现在是原子能时代，国家不能不优待大学教授；另一点是说大学教授的待遇不应该连四行一局的工友都不如。后一点简直不值一驳：在劳工神圣的时代，谁敢说工友对于国家社会的贡献不及一个教授？如果你把工友的人品看得低些，那更好说了：你们大学教授为民表率，为什么在金钱上和工友们争起高低来了？至于前一点，你们未免是老王卖瓜，自称自赞。等到你们发明了超过原子弹的威力的武器的时候，再来要求改善待遇不迟！况且你们不都是研究原子能的；国家尽可以设立一个原子能研究所，把物理学家都请了来，给予全国最高的待遇，或比一般大学教授多出十倍的薪津；但是，其余如哲学家，文学家，史学家，法学家，经济学家，政治学家，以及其他一切与现代武器无关的学者们，都不必自负不凡，给人笑话！

第二，我要驳倒"不患寡而患不均"的理论。这并不是说孔圣的话不对，只是说这"均"字在事实上不可能。我们规规矩矩地多拿两文薪水，你们就眼红了；那么，有些军政界的大员比你们拿得少，你们该没的说了吧？现在军政界的人员的薪水不及大学教授的多得很，为什么其中竟有些人的财产在几十万万或几百万万以上呢？你们当中不乏精明的数学家，请你们算一算：一位军长造了二万万元的房子是不是他曾向军政部领支了一百年的薪水？一位厅长捐了七千万元兴办一个学校，是不是除了明里的薪津之外，政府还暗地里给他百倍或千倍的津贴？如其不然，为什么他们的薪津不比你们高，而他们的收入却比你们多了千万倍呢？

说来说去，我们总觉得大学教授们妒忌到银行工友的薪水未免显得太小气，而公务员和工厂的职员们比照四行一局待遇也未免是和自食其力的良好的公民计较鸡虫的得失。根本的办法只有像上海《大公报》所说，先把国内二三十个臃肿肥胖的人的财富处理了，然后非但不患不均，而且还不患寡。不过……不过谁来把这二三十个胖子开刀呢?假使叫老百姓自己来把他们开刀,这是叫大家做黄巢,这个断断乎不可。假使叫政府来执行这件事,这是希望政府成为替天行道的梁山泊,也是不可能的。因为政府如果一向替天行道,王伦们早已身首异处,决不至于纵容他们成为胖子;等到纵容他们成为胖子之后,也就决不会再替天行道了。

【原载一九四六年三月二十七日《自由论坛周报》】

儿　女

恰像有泥土的地方就有草木一样，有人群的地方就有儿女。除非你终身不结婚，否则哪怕你像姜太公八十一岁娶妻，也还可能在八十二岁来一对孪生儿女的！我们乡下最看不起独身主义的人，说是"十个鳏夫九个怪"，因为他得不到家庭的慰藉，就免不了性情孤僻，喜欢得罪人。结了婚之后，性情最孤僻的人也会变为风流蕴藉，和蔼可亲。假使有了配偶之后不生儿女，岂不是夜夜元宵，年年蜜月了吗？可惜的是，结了婚就不免要生儿女，生了儿女就不免要受儿女之累。如果你喜欢结婚而又怕生儿女，就等于喜欢吃鱼而又怕口腥。如果你结了婚而还想法子使自己不生儿女，就是既不体上天好生之德，又有负国家顾复之恩，简直是人类的蟊贼了。

话虽如此说，"也有辞官不想做，也有漏夜赶科场"！饱受儿女之累的人有时候虽不免想要学那郭巨埋儿，而世间不少无儿的伯道却正在那里烧香许愿，希望送子观音来歆格他那一只肥鸡和两斤熟肉。这也难怪，孙悟空学过多年，才学会了把身上的毫毛拔下来，化为千百个"行者"，而普通一个富于生殖力的人，不必学道，却会把比毫毛更微妙的东西去实行分身之术。假使平均每代生得三男二女的话，由一化五，由五化二十五，由二十五化一百二十五，这样下去，不到五代，两个人可以繁殖到几千人之多。这样，非但分身有术，而且可说是长生不老，因为只要代代不绝嗣，我那比毫毛更微妙的东西，就永远生存于天地之间。说到这里，我们该明白所谓"传宗接祖"。拆穿了说，向送子观音烧香许愿的人，无非为的是要传自己的种子罢了。

儿女一生下来就要哭，这等于表示他们是为烦扰父母而来的。然而做父母的人非但不厌恶，而且爱听他们的哭声，据说是越哭得响亮越足以表示他们有光荣的将来。桓温之所以为"英物"，就因为他未周岁的时候很会哭。"我亦从来识英物，试教啼看定何如？"苏东坡这两句诗也是想从这哭的上头去恭维朋友生得好儿子。但是，尽管是贝多芬的名曲，天天听也会腻了的，何况小少爷或小姑娘的声音是那样单调呢？无可奈何，做爹娘的只好在那细嫩的小屁股上替那不大好听的melody按拍子。如果你有两个小孩，那更糟了，有时候双音并奏，说是duet（二重唱）吧，声音并不齐一；说是harmony（和声）吧，声音也不谐和，只好说是乱弹。如果你有五个以上的小儿女，更可以来一个令人啼笑皆非的chorus（大合唱）。那时节，你恨不得数说送子观音的十大罪状，打碎了她的金身，焚毁了她的庙貌，方始甘心！

有小儿女的人，最好不要和人家同住在一个院子里。在你自己看来虽然是"癞痢头儿子自家好"，在人家看来，却处处都是讨厌的地方。且休说损坏了人家的东西，只说弄脏了人家的沙发，或把一只茶杯略为移动，那爱整洁的主人已经是感觉得不称心。尤其是在儿女对爹娘大闹特闹的时候，一个是"手执钢鞭将你打"，一个是"短笛无腔信口吹"，知道情由的人说是先吹后打，不过是觉得讨厌而已；不知道情由的人一定以为先打后吹，于是断定你的脾气太坏，野蛮，欠教育，你的名誉也因此受了损害了。

关于管教儿女，爹和娘往往不能采取同一的政策。普通说是"父严母慈"，实际上有些人家是"父慈母严"。无论谁慈谁严，每人心里一部不相同的penalcode（刑法），总是容易引起纠纷的。同是一件事，爹爹说该把小宝宝关在黑房里，妈妈说只该罚站五分钟；在另一个家庭里，妈妈要把阿毛打二十下手心，爹爹却认为应该特赦。再者，对于各儿女的爱憎，爹和娘也很难一致。并不一定是异母弟兄,我们往往看见同胞的沉香和秋儿,也使爹娘演出"二堂训子"的趣剧。夫妇在儿女管教上意见不合,因而反目,甚至于要闹离婚,并不是十分罕见的事。爱情的结晶也能伤爱情,摩登夫妇对于这种事是不能不好好地处理的。

  但是,在管教的方法上尽有争论,而爱护儿女的心总是一样的。当贾宝玉被打得皮开肉绽的时候,抱住板子的王夫人固然流泪,而执行家法的贾政也未尝不伤心。所谓"打在儿心,痛在娘心"至少在一般情形是如此。儒家悬为鹄的"孝"字,很少有人做到,有人说疼爱后代即所以报答亲恩,亦即算是尽孝,这种"孝"就很多人能做到了。《二十四孝》当中的负米、怀橘、扇枕、打虎、卧冰求鲤、哭竹生笋,为了爹娘而做这些事未免面有难色,如果为了儿女,简直是虽万死而不辞。至于老莱子的斑斓彩衣娱高堂虽颇欠时髦,娱儿女则堪称洋化。据说从前法国的国王亨利第四在房里和他的儿女们嬉戏,四肢着地,把其中一个小孩子驮在背上,恰巧西班牙的大使进来看见,诧异得很。亨利问道:"大使,你有小孩子没有?"那大使答道:"有的,陛下。"亨利道:"既然如此,我可以在房里兜完这一个圈子。"这种娱儿女的风气正值得我们提倡。

  跟着疼爱的心理就产生了为儿女谋幸福的心

理。尽管有人说:"儿孙自有儿孙福,莫替儿孙作马牛。"但是,当此人说此话的时候,已经做了马牛不止一次!父母对于儿女的心情,简直是一种宗教:儿子就是一个如来佛,女儿就是一个观世音。其实这又何妨?国家需要的是壮丁,并不需要老朽,珍重地爱护二十年后的国家战士,正是未可厚非。假使有人提出"将慈作孝"的口号来,我是要举双手赞同的。

【选自王了一著《龙虫并雕斋琐语》上海观察社一九四九年版】

谈谈小品文

（一）

　　小品文是散文之一种。简单地说，小品文是篇幅短小，形式活泼，内容多样化的一种杂文。"小品"这个名词，晋代就有了的，但当时所谓"小品"，指的是佛经的简本；直到晚明时代，才有所谓小品文。现代小品文又和晚明小品文不同。现代小品文受西洋 essay（随笔）的影响很深，往往令人有幽默感。一方面强调要写出作者的个性，另一方面又强调要描写社会生活的各个方面。宇宙之大，苍蝇之微，无一不可以写。要用平易的语言，讲出高深的哲理。这就和晚明公安、竟陵的小品太不相同了。

　　关于小品文，鲁迅有很好的评论。他在《小品文的危机》一文中，把古代的小品文比作士大夫家里的小摆设，把现代的小品文比作匕首和投枪。这样，他就把小品文提高到革命文学的地位。

鲁迅的杂文，有许多篇可以认为是革命的小品文，他凭着这匕首和投枪，和社会恶势力进行殊死的搏斗。我们学习小品文，就是要向鲁迅先生学习。

（二）

小品文大约要有下列一些特点。

第一，好的小品文常常是幽默的。幽默并不就是滑稽。滑稽只是逗笑，而幽默则是让你笑了以后想出许多道理来。"幽默"的正确含义是用严肃的态度来逗笑，好的小品文要做到你笑我不笑。英国幽默大师斯威夫特（Swift, 1667–1745）的《基利佛旅游记》，林纾译名为《海外轩渠录》，"轩渠"是笑的意思，表面看起来是一大堆笑料，实际上是对英国社会入木三分的辛辣讽刺。我在我的《龙虫并雕斋琐语》的代序上说："世间尽有描红式的标语和双簧式的口号，也尽有血泪写成的软性文章。潇湘馆的鹦鹉虽会唱两句葬花诗，毕竟它的伤心是假的；倒反是'满纸荒唐言'的文章，如果遇着了明眼人，还可以看出'一把辛酸泪'来！"其实，中国古代所谓"滑稽"，也是幽默的意思。司马迁在《史记·滑稽列传序》上说："谈言微中，亦可以解纷。"我希望在社会主义社会中，多生几个当代东方朔。

第二，好的小品文要做到言浅意深，言近旨远。言浅，因为讲的往往是日常生活琐事，人人看得懂；意深，因为其中包含着哲理，只有聪明人看了才发出会心的微笑。言近，因为讲的往往是眼前的事物；旨远，因为从这一件小事可以推类引申出许多大道理来。徐文长说："云隐蛟龙，得其一鳞一甲，正是可思，不必现其全身。"这是小品文的秘诀。小品文的作者，要用画家尺幅千里、意到笔不到的手法去描写社会生活。我们主张含蓄，并不是说文章短了就好；如果言浅而意不深，言近而旨不远，也就味同嚼蜡。我们要让读者如嚼橄榄，嚼过后还有一种甜滋滋的回味，这才是小品文的上乘。

第三，辱骂和恐吓决不是战斗。即使是对敌人，小品文也只能是冷嘲热讽，而不是肆意谩骂。鲁迅说得好：必须止于嘲笑，止于热骂，而且要嬉笑怒骂皆成文章，使敌人因此受了伤或致死，而自己并无卑劣的行为，观者也不以为污秽，这才是战斗的作者的本领。

（三）

古今小品文都讲究情趣，没有情趣不能成为好的小品文。但是情趣不等于低级趣味。相声艺术在某种程度上近似小品文,好的相声演员就是当代的优孟,他们演出的相声可以移风易俗,有助于精神文明的宣传;近来低级趣味渐渐侵入相声,有些相声只有言浅,没有意深;只有滑稽,没有幽默,全是低级趣味。低级趣味的作品只能逗笑,不能耐人寻味。某些作品的趣味低级到那种程度,甚至不能逗笑,听众昏昏欲睡。这种情况在现代小品文中也是有的。我自己写的小品文,有时也不免陷于低级趣味。

要医治低级趣味,必须提高自己的文学修养。谁也不愿意写出低级趣味的文章,问题在于不知道什么是低级,什么是庸俗。我们不但要研究中国文学,而且要研究外国文学。上面说过,现代小品文受西洋 essay(随笔)的影响很深。不研究西洋文学,不容易把小品文写好。在小品文中,辞藻的运用也是重要的。要学习古人的辞藻,也要学习外国的辞藻。当然我不是提倡堆砌辞藻。明白如话是主要的,适当地运用辞藻是次要的。小品文要有书卷气,要使读者感觉到你是博览群书的人。书卷气是医治低级趣味的良方。诗讲究意境,小品文也讲究意境,要把小品文写成一首意境高超的散文诗。

写小品文要有丰富的生活和敏锐的观察,既然小品文是从各个方面描写社会生活的,小品文的作者要有丰富的生活，这是不言而喻的。但是，更重要的是作者要有敏锐的观察力，否则不能发现社会生活的隐秘，把它揭露出来。要做到"人人心中所有，人人笔下所无"。人家看了你的文章都说："这种生活经历我也有，但是我写不出。看了你的文章以后，你的话在我的心中起了共鸣，你是先得我心，是说到我的心坎上去了！"这样，你的小品文才取得积极的效果。

小品文要有个性，个性表现出来就是你的文章风格。在表现风格的同时，常常流露出你的人生观。这些地方最能显出你的文章的感染力。感染力的好坏，决定了你的作品的社会效果。因此，小品文的最高要求，是作者高尚人生观的树立。

【原载一九八二年第一期《文艺研究》】